顺着历史学古诗

蒙曼 著

北京联合出版公司
Beijing United Publishing Co.,Ltd.

图书在版编目（CIP）数据

顺着历史学古诗 / 蒙曼著 . — 北京：北京联合出
版公司，2021.6（2024.11 重印）
　ISBN 978-7-5596-5207-2

　Ⅰ . ①顺… Ⅱ . ①蒙… Ⅲ . ①古典诗歌—中国—儿童
读物 Ⅳ . ① I222

　中国版本图书馆 CIP 数据核字 (2021) 第 061601 号

顺着历史学古诗

作　　者：蒙　曼
出 品 人：赵红仕
责任编辑：郭佳佳

北京联合出版公司出版
（北京市西城区德外大街 83 号楼 9 层　100088）
雅迪云印（天津）科技有限公司印刷　新华书店经销
字数 162 千字　　700 毫米 ×1000 毫米　1/16　14.25 印张
2021 年 6 月第 1 版　2024 年 11 月第 11 次印刷
ISBN 978-7-5596-5207-2
定价：58.00 元

目录

自序

　　孔夫子说："文质彬彬，然后君子。"

　　小小少年，怎能不学诗呢？诗是绮罗上的纹饰，是一树树的花朵。《诗经》《楚辞》，是"小荷才露尖尖角"；唐诗宋词，是"万紫千红总是春"；即便到了明清，诗词也仍然如傲霜秋菊，坚守枝头，抱香以待。小小少年，采撷着这些美丽的花朵，自然就会生出像花朵一样的心灵，锦绣一样的口齿吧。

　　小小少年，又怎能不学史呢？孔夫子说："绘事后素。"意思是说，先有一个白底子，然后才能在上面画出五彩的图案。历史不就是这绘画的底色吗？它也是长养花朵的大树。礼乐昌明的卫国，自会有"投我以木桃，报之以琼瑶"的美意；而刚毅好战的秦国，却会唱出"岂曰无衣，与子同袍"的壮歌。没有开科取士，哪会有孟郊"春风得意马蹄疾，一日看尽长安花"的豪情？同样，没有"靖康之变"，又哪会有李清照"生当作人杰，死亦为鬼雄"的沉痛？小小少年，攀缘着这棵五千多年不断成长的大树，自然会长养出树干一样挺立的风骨，树枝一样纵横的思想，树梢一样开阔的视野。

既然如此，就让我们一起顺着历史学古诗吧。我选择的古诗，都要符合两个条件：第一，它是那个时代公认的好诗；第二，它能够反映那个时代的精神。比如，大名鼎鼎的唐朝，我一共选择了十首诗。我用王之涣的《登鹳雀楼》讲唐朝整体的进取精神，用王昌龄的《出塞二首》（其一）讲唐朝的武功，用孟郊的《登科后》讲唐朝的文治，用王维的《送元二使安西》讲唐朝的"丝绸之路"，又用孟浩然的《过故人庄》讲唐朝的富裕和温情，这些特质加起来，就是所谓的"盛唐气象"；然后，我又用李白的《早发白帝城》和杜甫的《春望》讲"安史之乱"，这是唐朝由盛到衰的转折点；再用白居易的《问刘十九》、刘禹锡的《元和十年自朗州至京戏赠看花诸君子》和杜牧的《泊秦淮》讲唐朝后期的衰亡。刘禹锡还在抗争，白居易却已经隐退了，到杜牧"商女不知亡国恨，隔江犹唱《后庭花》"那一刻，唐朝也就走到了尽头。这八首诗，既是大树上缤纷的花朵，又是大树里那一圈圈的年轮，把它们都学懂了，你才知道，我们中国这棵文明的大树，何以会根深叶茂、冬夏常青。

小小少年，你们知道吗？在1934年，有一位卢前先生，写了一首小诗，名叫《本事》："记得当时年纪小，我爱谈天你爱笑。有一回并肩坐在桃树下，风在林梢鸟在叫。我们不知怎样困觉了，梦里花儿落多少。"我真希望，你们无论什么时候醒来，都有大树可以倚靠，都有落花可以回味。有梦有醒，有树有花，这才是孔夫子所说的"文质彬彬，然后君子"。

春秋战国

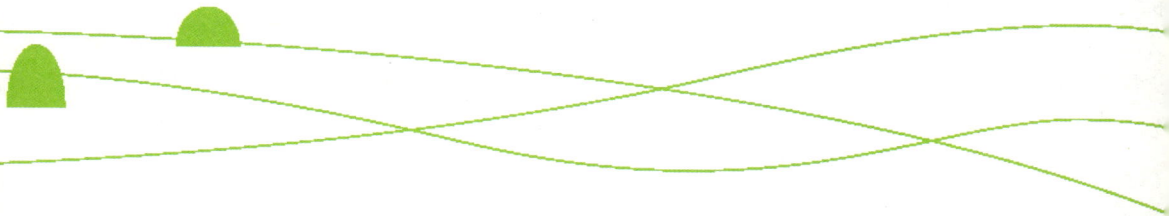

《诗经·卫风·木瓜》

　　我们这本书的名字叫作《顺着历史学古诗》。所谓顺着历史，是说我们学的这些古诗，是按照中国历史的发展顺序来选择的，而且每首古诗不仅诗写得好，还能反映出特定的历史背景。学完这些诗之后，你不仅会爱上诗歌，而且对中国历史也会有更深的了解。

　　第一篇要跟大家分享的是《诗经·卫风·木瓜》。为什么从这首诗开始呢？因为夏、商、周三代是中国历史的开篇，《诗经》是中国古典诗词的开篇，而《卫风·木瓜》里谈到的礼尚往来、重义轻利的精神，我认为又是我们中华民族礼乐文明的开篇。

　　这首诗的题目是《诗经·卫风·木瓜》。这个诗题是由三个部分构成的。其中，《诗经》是一本书的名字，也是一种诗歌的体裁，一般都是四言诗。《卫风》是一种音乐形式。而《木瓜》则是这一篇的篇名。

　　先说《诗经》。《诗经》是中国最早的一部诗歌总集，收录的是从西周初年一直到春秋时代的诗歌。按照现代学者的研究，西周建立于公元前 1046 年，距离现在已有三千多年了。想想看，我们的祖先从那么早就开始写诗，多么神奇！我们现在看到的《诗经》一共有 305 首，所以又叫"诗三百"。在《诗经》那个时代，诗歌都没有确切的作者，所以我们在前面加上"诗经"两个字，也是为了告诉大家这首诗的出处。

再说《卫风》。《诗经》的三百多篇诗歌分成三个部分，分别叫风、雅、颂。古代的诗歌都是配乐演唱的，因此风、雅、颂其实是乐调的划分。其中，"风"是指十五国风，也就是十五个诸侯国的民间音乐，就好比现在安徽有黄梅戏、陕西有秦腔；"雅"是周王朝直辖地区的音乐，也就是雅乐正声，有点儿类似于京剧；而"颂"则是庙堂音乐，相当于国歌一类的国家典礼音乐。

这样说来，所谓"卫风"，其实就是指卫国的民歌。卫国这个诸侯国在今天看起来并不起眼，但是在西周时期，它的地位可是非常重要的。它是周朝灭掉商朝后，为安置商朝遗民而建立的诸侯国。要知道，当时商朝的经济文化都很发达，周朝打败商朝，在历史上号称"小邦周克大邑商"，可见商朝国力之强大。而卫国统领的主要又是原来商朝首都地区的居民，这些居民的视野格外宽，文化品位也格外高。很多我们耳熟能详的名篇都出自《卫风》，比如"有匪（fěi）君子，如切如磋（cuō），如琢如磨"（《诗经·卫风·淇（qí）奥》），又如"巧笑倩兮，美目盼兮"（《诗经·卫风·硕人》），等等。

最后说《木瓜》。本来，《诗经》里的诗是没有题目的，后人为了方便，就从第一句中抽出来几个字作为诗题。这首诗的第一句是"投我以木瓜"。其中，能够单独存在的词组就是"木瓜"，因此这一篇也就得了《木瓜》这个诗题。

大家都知道，《诗经》里有好多名篇。作为本书的第一首诗，我为什么单选《木瓜》呢？不仅因为它的篇幅短，更因为它的文辞好、信念好。好在哪里呢？看诗文：

> 投我以木瓜，报之以琼琚（jū）。匪报也，永以为好也。
> 投我以木桃，报之以琼瑶。匪报也，永以为好也。
> 投我以木李，报之以琼玖（jiǔ）。匪报也，永以为好也。

先看几个关键词。

什么是木瓜？可能有人会说，木瓜我吃过呀，水果店里有的是。但我们现在常吃的木瓜是番木瓜，是明朝时期才从海外传入中国南方的水果，当年身处河南的卫国人可没见过。《诗经》中说的"木瓜"其实是一种又酸又涩的果子，像拳头那么大，不能生吃，只能做成蜜饯，或者蒸熟了吃。同样，第二段的"木桃"也罢，第三段的"木李"也罢，都不是今天的桃子或者李子，而是跟木瓜差不多的不怎么好吃的涩果子。

什么是琼琚？按照中国古代造字的原则，斜玉旁的字，基本都和玉相关。比如，三国时期的周瑜，字公瑾（jǐn），瑜和瑾都是美玉的意思。"琼琚""琼瑶""琼玖"这三个词都是斜玉旁，也都是美玉。为什么美玉有那么多不同的名称呢？因为中国古代特别崇尚玉，认为玉有仁、义、智、勇、洁五种德行，又说"君子比德于玉"，也就是君子的操行都应该像玉一样，所以古代的贵族都佩戴玉佩。玉佩的名目特别多，于是就有了琼琚、琼瑶和琼玖这样的区别。

讲了两组名词，再讲一个关键性的副词——匪。匪在这里是一个假借用法，等同于"非"，表示否定。

有了这些知识，我们就可以轻松地把这首诗翻译出来了。

　　　你送我木瓜，我还你琼琚。这可不是为回报，是要和你永相好。

　　　你送我木桃，我还你琼瑶。这可不是为回报，是要和你永相好。

　　　你送我木李，我还你琼玖。这可不是为回报，是要和你永相好。

这首诗有三个好处。

第一，结构好。什么样的结构呢？大家一定看出来了，这首诗分成三段，每段句式都一样，就是变了几个名词而已，这种诗歌的写法叫作复沓（tà），在《诗经》中极其常见。比如《诗经·魏风·硕鼠》，第一段开头是"硕鼠硕鼠，无食我黍（shǔ）"，到第二段就成了"硕鼠硕鼠，无食我麦"，再到第三段则变成了"硕鼠硕鼠，无食我苗"。这种只做轻微变化的反复吟咏就是复沓。

为什么《诗经》常常用到复沓？因为《诗经》是配乐演唱的，这三段诗就好比三段歌词，现在的歌词不也常常如此吗？比如，《让我们荡起双桨》这首歌也是三段，每一段结尾都是"小船儿轻轻，漂荡在水中，迎面吹来了凉爽的风"。这样的结构一出现，我们不仅容易背诵，而且会觉得跟唱歌一样，层次清晰，节奏感强。随着一遍一遍地重复，会越唱越有感情，到最后，就是余音袅袅，三日绕梁了。这就是复沓的优点。

可能有人会疑惑，你不是说《诗经》大多都是四言诗吗？怎么这一首不那么整齐呢？有五个字一句的，还有三个字一句的。没错，我们看到的《诗经》中大部分篇章，都是四个字。比如"关关雎鸠（jū jiū），在河之洲。窈窕（yǎo tiǎo）淑女，君子好逑（qiú）"（《诗经·周南·关雎》）或者"桃之夭夭，灼（zhuó）灼其华。之子于归，宜其室家"（《诗经·周南·桃夭》）等。

这首诗能不能写成这么整齐的四字一句？其实也是可以的。"投我木瓜，报以琼琚。匪以为报，永以为好"是不是也可以呢？从意思的完整性上来讲是可以的，但是这样唱起来就未免有点儿死板了。怎样才能更活泼呢？加减几个虚词不就行了！所谓虚词，就是没什么实际意义的词，比如现代常用的"的""地""得"，或者古代常用的"之""乎""者""也"。就拿这首诗来说吧，第一句加一个"以"，第二句加一个"之"，前两句都变成五个字，节奏就缓下来了；第三句减一个"为"，节奏又急促起来了；第四句再加一个"也"，节奏复又缓了下来。这样缓—急—缓，起伏错落，诗句就更有音乐感了。这就好比"小船轻轻，漂荡水中，迎面吹来凉爽风"，一旦变成"小船儿轻轻，漂荡在水中，迎面吹来了凉爽的风"，马上就变得更加活泼，更加摇曳多姿了。推而广之，**大家写文章也要注意，不要通篇都用整齐的排比句，而是要把排比句和散句子夹杂起来，这样才更灵动，更好看。**

第二，意思好。《木瓜》这首诗到底在写什么？很多人会说，写礼尚往来呀。你给我送礼，我给你回礼。是不是呢？这样理解不算错，但也不全对。要知道，这首诗后来演化成了一个成语，叫"投木报琼"。这个成语很多人没听说过，但是，大家一定听说过另一个成语，叫"投桃报李"。投桃报李也出自《诗经》，是《大雅·抑》中的一句，原文是"投我以桃，报之以李"。你送给我一篮桃，我拿李子来回报。这才是一般意义上的礼尚往来，送出去的和收回来的差不多。我们日常人际交往，基本上就秉持这个原则。

但是投木报琼可不一样。木瓜也罢，木桃、木李也罢，都是入不得口的涩果子，而琼琚、琼瑶和琼玖，却是珍贵的玉佩。这两类礼物太不对等了，超出了礼尚往来的范围。那么，它到底表达什么意思呢？我觉得，这首诗的重点不在于礼尚往来，而在于重义轻利。你送给我一个木瓜，这不值钱。可是，在我心中，这情义的分量一点儿都不亚于美玉，所以我才回报给你琼琚。我这样做不是跟你等价交换，我是真心与你相好！这样的重义轻利，情比金坚，不正是中华民族最美的精神传统吗？

第三，引申好。这首诗原本是谁写给谁的呢？历史上有过至少七种说法。不过，从宋朝朱熹之后，大多数人都认为，这是一首小伙子写给姑娘的情诗。

想想当时场景吧：阳春三月，踏青的时节，姑娘和小伙子相遇了，互相喜欢了。姑娘羞涩地把手里拿的木瓜递给了小伙子，而小伙子呢？急急忙忙地解下身上的玉佩回赠过去。两颗心就这么碰在了一起，一切身份的差异、贫富的距离都不被他们放在眼里，这是多么单纯美好的感情呀！所以，孔子才说："诗三百，一言以蔽之，思无邪。"

正因为这感情太美好了，以后，人们再用到这首诗的时候，就慢慢引申到其他场合了，不仅青年男女之间可以用、同学之间可以用，国家之间也可以用。

在回报的时候，我们不需要分斤掰两，计算投入和产出，我们只需要知道，人家曾经真心对待我们，我们也用真心回报人家，这就叫"投我以木瓜，报之以琼琚"。所谓黄金有价，情义无价，不就是这首诗传达给我们的道理吗？

⑤ 这首诗讲了哪些内容呢？ ⑤

1.《诗经》是什么？风、雅、颂又是什么？

2."琼琚""琼瑶""琼玖"为什么都跟玉有关？诗中的水果和今天的有什么不同？

3.什么叫复沓，复沓的优点是什么？

4.这首诗的美好寓意是什么？

《诗经·秦风·无衣》

所谓《秦风》，就是秦国的曲调。秦国和其他诸侯国不一样，它身处周王朝的西北边陲，建国比较晚。很多东方的诸侯国，包括上一首诗中提到的卫国，都是西周分封的诸侯国，但秦国直到东周初年才建国。西周的时候，秦国的祖先还是周王朝的附庸，一直替周王朝养马。到了西周末年，周幽王**烽火戏诸侯**，被犬戎杀死在骊山脚下，他的儿子周平王被迫东迁，定都洛阳，史称东周，又叫春秋战国。周平王东迁的时候，秦襄公派兵护送周平王，周平王很受感动，就把他封在了岐山以西，这才建立了秦国。直到这个时候，秦国才取得了和其他老牌诸侯国平起平坐的地位，所以说它建国晚。

建国晚还不是秦国的唯一特征，它的第二个特征是战争多。秦国人建国之前，主要活动在甘肃天水一带，与西戎接壤，双方为争地盘，战争一直没断过。后来，周平王分封秦襄公的时候，又对他说："戎人不讲道义，侵夺我岐（qí）山、沣（fēng）水的土地，你如果能赶走戎人，这些土地就归秦国。"什么意思呢？普天之下，莫非王土，这些地方理论上是我的，但是目前它不在我的控制之下，而是在西戎人的手里。你若有本事夺回来，它就是你的。想想看，周幽王就是被西戎人杀死的，周平王也是被西戎人逼走的，周天子都解决不了的问题，让秦国来解决，这不是出难题吗？但秦国确实争气，经过若干年拼杀，真把这些地盘从西戎手里夺了过来，由此称霸关中。再后来，秦国又东出函谷关，和关东六国开战，一直打出了一个统一的秦朝。可以说，秦国就是一个以武装立国的国家，在不断打仗的过程中，秦国发展出了高度的尚武精神，让人害怕，但是也让人精神为之一振。什么叫尚武精神呢？看诗文：

岂曰无衣？与子同袍。王于兴师，修我戈矛，与子同仇。

岂曰无衣？与子同泽。王于兴师，修我矛戟（jǐ），与子偕作。

岂曰无衣？与子同裳。王于兴师，修我甲兵，与子偕行。

首先看关键词。

先说几个字——"袍、泽、裳"。这三个字有共性，都是衣字旁。可能有人会疑惑，"泽"不是衣字旁呀。没错，现在"泽"字不是衣部，但是，这个"泽"是通假字，通"襗"，这不就是衣字旁了吗？上一首诗说过，斜玉旁的字都和玉相关，比如琼瑶、琼玖、琼琚。同样，衣字旁的字也都和衣服相关。袍是什么？袍是长袍，穿在军人身上，就叫战袍。泽是贴身穿的内衣，就是汗衫。裳呢？古代人上衣下裳，裳是下面穿的裙子。古代还没有发明裤子，腿冷了只能穿胫（jìng）衣，就是套住腿的两条裤筒，胫衣外面还得穿裙子，这裙子就是裳。这是三种衣服。

再来看一组名词——戈矛、矛戟和甲兵。这是一组兵器。戈是一根长柄配一个横着的刃，样子有点儿像镰刀，主要功能是钩。矛是一根长柄配一个尖头，主要功能是刺。戟是戈和矛的合体，既有横刃又有尖头，既能钩又能刺，威力更大。而甲兵则是铠甲和兵器的合称，泛指兵器。其实，不仅甲兵泛指兵器，戈矛和矛戟也可以泛指兵器，我们熟知的成语——金戈铁马和折戟沉沙中，戈和戟不就是泛指兵器吗？

最后看一组动词——同仇、偕作和偕行。什么叫同仇？你恨谁我恨谁，这就是同仇，强调的是思想的一致。什么叫偕作？你干什么我干什么，这就叫偕作，强调的是行动的一致。什么叫偕行？你到哪儿我到哪儿，这就是偕行，强调的是方向的一致。

知道了这些关键点，再来翻译这首诗，就容易了。

  谁说没有衣裳穿？你我一同披战袍。国王兴兵要打仗，赶紧修理戈和矛。同仇敌忾（kài）赴战壕。

  谁说没有衣裳穿？你我一同披汗衫。国王兴兵要打仗，赶紧修理矛和戟，并肩携手在一起。

  谁说没有衣裳穿？你我一同穿战裙。国王兴兵要打仗，赶紧修理甲和兵，同心协力向前行。

这首诗好在哪里？

这首诗用的也是复沓的写法。三段结构都差不多，只是变了几个词而已，这是它跟《木瓜》一样的地方。但是，两首诗也有不一样的地方。不一样在哪儿呢？《木瓜》诗里，木瓜、木桃、木李都是差不多的水果，而琼琚、琼瑶、琼玖，也都是差不多的美玉。三段意思基本一样，彼此之间是平行关系，唱起来的感觉像单曲循环，缠绵委婉。

但是，《无衣》却不同。它的名词虽然差别不大，但动词却不一样了。它的动词是递进式的，第一段同仇，是情感；第二段偕作，是行动；而到了第三段偕行，战士们已经穿好了战袍，擦亮了武器，雄赳赳（jiū）气昂昂地走上了战场。这样的歌唱起来，就不再是平行式的单曲循环，而是一段比一段激昂，再加上四字一句的整齐句式，整首诗就有了进行曲的感觉，让你不由自主地跟着它手之舞之，足之蹈之。很多人说，这就是中国最早的军歌。

结构像进行曲，气势更像进行曲。这首诗的写作背景，一般认为是周幽王末年，犬戎攻打镐（hào）京的那段时间。大敌当前，周王室摇摇欲坠，这个时候，本来跟周王室关系不深的秦人却表现得比谁都积极，他们只等周幽王一声令下，马上一呼百应，奋勇向前。这一下子就显示出秦人的精神面貌了。什么样的精神面貌呢？要打仗了，大家都在做准备，只要有谁喊一嗓子，"我没衣服了"，马上就有无数人回应："与子同袍！与子同泽！与子同裳！"在这样万众一心的情况下，再吝啬的人也慷慨起来了，再懦弱的人也英勇起来了，千千万万人好像变成了一个人，一个人又好像变成了千千万万人。这就是我们经常说的"团结就是力量"。大家一起磨刀霍霍（huò），一起奋勇向前，这是多么动人的画面啊！

我们讲古代的英雄，很容易会想到一个说法——"燕赵多慷慨悲歌之士"。这当然是对的，因为河北这一带跟少数民族山戎接壤，赵武灵王还学习胡服骑射，非常富有尚武精神。但是，不知大家注意到没有，燕赵壮士中个人英雄比较多，最有代表性的就是荆轲，"风萧萧兮易水寒，壮士一去兮不复还"。但是，秦国的壮士不一样，他们不是哪一个人，而是一个英雄群体，他们讲究"袍泽之谊"，他们永远"同仇敌忾"。事实上，这两个成语就出自这首《无衣》。有了这样的精神，还有什么仗打不赢呢？

《无衣》这首诗写在春秋初年，距离后来秦灭六国，还有差不多五百年的时间。但是，尽管如此，后来那个视死如归，所向披靡（mǐ）的秦国已经在这首诗里初露端倪了。

事实上，不仅大秦帝国在这首诗里初露端倪，中国大名鼎鼎的边塞诗也在这首诗里初露端倪了。像我们熟悉的"黄沙百战穿金甲，不破楼兰终不还"（王昌龄《从军行七首》其四），"宁为百夫长，胜作一书生"（杨炯《从军行》），等等，不都有这首《无衣》的影子吗？

在中国历史的发端时期，我们就选这两首诗——《木瓜》和《无衣》作为代表。因为这两首诗对应着先秦时期的两件大事：一件叫礼乐；一件叫征伐。我们用《木瓜》代表礼乐，代表中国人重义轻利的精神；用《无衣》代表征伐，代表中国人慷慨激昂的勇气。这样的精神和勇气，对我们中华民族的发展至关重要。

另外，从这两首诗中也可以看出当时两大地域的差别。这两大地域，以崤（xiáo）山函谷关为界，东面叫关东，西面叫关西。关东地区经济发达，文化水平高，人们彬彬有礼，写出的诗也温柔多情，《木瓜》可以作为代表；而关西地区经济以农业为主，人们文化程度不高，但是老百姓都质朴尚武，写出的诗也慷慨激昂，《无衣》可以作为代表。中国古代讲"关东出相，关西出将"，从这两首诗里，就可以看出民风的差别来了。

　　一方水土养一方人，我们中国人就沿着《诗经》开创的道路走了下来，紧接着，就要走到秦汉时期，唱出属于秦汉时代的诗歌了。

这首诗讲了哪些内容呢？

　　1.秦国的特点是什么？

　　2.裳、泽、袍是指什么？戈、矛、戟、甲、兵又是指什么？

　　3.这首诗表达了什么精神？

秦汉

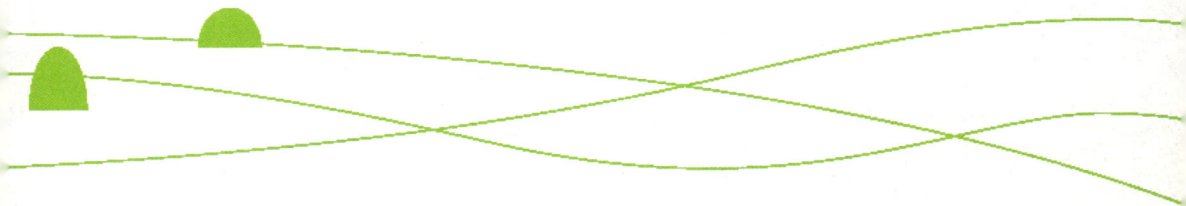

《大风歌》

　　我们之前学的《诗经》，都没有作者。但是这首《大风歌》不一样。它有作者，而且作者还很厉害，是大名鼎鼎的汉高祖刘邦。

　　刘邦其人，在历史上非常独特。一方面，他开创了两汉四百多年的基业，雄汉盛唐，直到现在都是我们中国人深感骄傲的高光时刻；另一方面，他又留下了很多让人哭笑不得的故事，比如项羽囚禁了他父亲刘太公，威胁说要烹了老爷子，想以此迫使刘邦投降。没想到刘邦却说，咱们俩曾在楚怀王面前结为兄弟，我爸爸就是你爸爸，你若真烹了咱爸爸，别忘了分给我一杯羹。又如，刘邦逃难的时候，嫌车子载重太大，跑得不够快，居然把一双儿女都推下车去，可谓六亲不认。其他诸如对着大臣洗脚、往儒生的帽子里撒尿，等等。真是劣迹斑斑，让人觉得，这是个有点儿流氓气的开国皇帝。可是，恰恰是这个不怎么文质彬彬的皇帝，写下了一篇在整个中国文学史上都颇有分量的传世名作——《大风歌》：

大风起兮云飞扬，威加海内兮归故乡，安得猛士兮守
四方？

这首诗非常简单，只有三句，没有什么特定的知识点，我们很容易
就能翻译出来：

大风猛吹啊白云飞扬，我平定了四海啊回到故乡，到哪里
寻找猛士啊镇守四方？

和之前的《木瓜》以及《无衣》相比，这首诗有什么特点呢？可能
好多人都看出来了，这不是《诗经》经典的四字句，也没有《诗经》那
样的复沓结构。它的句子更散，而且每一句话都带一个"兮"字，这不
是《楚辞》的基本特征吗？

确实如此。中国古代文学有两大源头，一个是黄河流域的《诗经》，
一个是长江流域的《楚辞》。《楚辞》相传是楚国大诗人屈原创造的文学
形式，很多人都会背诵其中的名句，"路曼曼其修远兮，吾将上下而求
索"或者"长太息以掩涕兮，哀民生之多艰"（《离骚》）。

《大风歌》其实属于汉朝的乐府诗，那它为什么具有《楚辞》的特
征呢？因为刘邦和屈原一样，都是楚人。战国末年，楚国的实力不亚于
秦国。秦灭关东各国，都能找出些打仗的理由，或者叫借口，但楚国从
来没敢得罪过秦国，可楚怀王还是被秦国囚禁至死，楚国也最终被秦国
所灭，这让楚国上下非常悲愤，当时有一个贵族楚南公就说："楚虽三
户，亡秦必楚。"什么意思？楚国就算只剩下三家（这里的家不是指现

在的小家庭，而是指氏族），也一定会灭掉秦国。这是何等强烈的仇恨，又是何等强大的信念啊！那么，楚南公这个说法到底应验没有呢？还真应验了。大泽乡起义，揭竿而起的陈胜、吴广是楚国人，一把火烧了咸阳的项羽是楚国人，最终建立汉朝的刘邦还是楚国人。

是楚人就有楚人的歌唱方式。虽然刘邦最终定都长安，但是，当他建立了大汉王朝，又平定了淮南王英布的叛乱，重新回到家乡沛（pèi）县（在今江苏徐州），大宴乡亲父老的时候，楚腔楚调立刻涌上心头，把酒临风，脱口而出的就是《大风歌》。

先看第一句，"大风起兮云飞扬"，上来就写天气，写自然景象。很多小学生会说，我写作文也是如此呀。比如《记一个有意义的周末》，我会写，今天天气特别好，天蓝蓝的，水清清的，妈妈带我去上补习班。这一样不一样呢？当然不一样。

《大风歌》的开头可不是一般的天气描写，这叫作"起兴"。什么是"大风起兮云飞扬"？这狂躁的大风，流动的长云确实是一种宏大、壮阔的天气场景，但它又不仅仅是一种天气描写。这长云大风背后，是秦末汉初波澜壮阔的政治风云。

曾经不可一世的秦王朝忽喇喇如大厦倾，包括刘邦在内的英雄揭竿而起，逐鹿中原。好不容易打败了秦帝国，紧接着又要和项羽争夺天下。四年艰苦卓绝的楚汉战争打下来，项羽自刎乌江，刘邦终于一统天下。但是没过多久，他又要面对诸侯王造反的困局。事实上，就在写这首诗之前，刘邦才刚刚打败了叛乱的淮南王英布。这一个接一个的政治变故，一场又一场惊心动魄的战斗，才是真正的"大风起兮云飞扬"。刘邦就在这风云中崛起，也在这风云中翻滚。一句"大风起兮云飞扬"，既是自然的风云，也是社会的风云，更是他心中的风云。所以，这不是一般的天气描写，而是要营造出一种悲壮的气氛，也是要触发一个真正的话题。**这就是古代诗歌中一个很著名的修辞手法，叫"起兴"，也就是先说一件事情，再带出来真正想要说的事情。**

起兴之后呢？看第二句，"威加海内兮归故乡"，这才是刘邦真正想要说的事情。这句诗一出来，这首诗的背景就交代清楚了，皇帝威风凛凛的样子也出现了。刘邦是在家乡父老面前唱出这首歌的，他这不是小朋友放学回家，也不是"打工人"过年回老家，他是"威加海内兮归故乡"，也就是所谓的衣锦还乡。当年，他离开家乡的时候，连他爸爸刘太公都认为他是个浪荡子，不如在家种田的哥哥有出息。可想而知，乡亲也不会高看他一眼。可是现在呢，天上的风云匍匐在他的脚下，天下的百姓也匍匐在他的脚下，这种感觉，是何等威风凛凛，踌躇（chóu chú）满志！

看到这里，有没有人想到刘邦的老对头项羽呢？当年，项羽火烧咸阳宫，杀了秦王子婴之后，有人劝他说，关中是个好地方，不如就在此定都吧。项羽回了一句："富贵不归故乡，如衣绣夜行，谁知之者！"（《史记·项羽本纪》），然后就踏上了东归故乡的道路。那时候的项羽，又何尝不是威风凛凛，踌躇满志！两个人都是"威加海内兮归故乡"，那么，刘邦和项羽的区别到底在哪里呢？

就在最后一句，"安得猛士兮守四方？"这一句真了不起，有了这一句，这首诗升华了，刘邦这个人也升华了。"威加海内"确实让刘邦志得意满，但是，他绝对没有忘乎所以，他心里始终有一种深深的危机意识。打赢了天下，就能治理好天下吗？连当年同生共死的英布都能谋反，其他大臣就一定可靠吗？到哪里找那忠诚而又勇猛的壮士为他守住这锦绣江山呢？到这一句，刘邦的心一下子从过去飞到了未来，感情也一下子从昂扬转为了感慨，而且我们也一下子就能明白，为什么是刘邦，而不是项羽站在历史的"C位"上了。

大家都知道，项羽也写过一首很著名的诗，叫作《垓（gāi）下歌》：

> 力拔山兮气盖世，时不利兮骓（zhuī）不逝。
>
> 骓不逝兮可奈何，虞兮虞兮奈若何！

这是项羽在**垓下之围**时唱出的歌。歌里唱什么？"我力量能拔山啊，我气概能盖世。可惜时运不济啊，乌骓马也不再奔驰。乌骓不走啊，我有什么办法？虞姬虞姬啊，我又该如何安置！"

这两首诗歌从文学的角度来说都很好，但是，换到历史的角度，就能看出差距来了。差距在哪里呢？在看问题的视角。刘邦在最得意的时候，看的是别人；项羽在最失意的时候，看的是自己。他说自己"力拔山兮气盖世"，之所以失败只是因为时运不济。放眼四周，他只能看到自己的宝马和美人，这和看自己不是一回事吗？正因为项羽的眼里只有自己，所以他身边的谋臣猛士纷纷离他而去，最后只能落得个孤家寡人，自刎乌江。

但刘邦不一样，他眼里有别人。当年，天下一统，在洛阳的庆功会上，他曾经说过："要讲运筹帷幄，决胜千里，我不如张良；要说安抚百姓，供应粮草，我不如萧何；要说率军打仗，战必胜、攻必取，我不如韩信。这三个人都是'人中豪杰'，我能够重用他们，才能得到天下。"这番"三不如"的高论，奠定了刘邦一代英主的地位。现在，在家乡父老面前，刘邦又说："安得猛士兮守四方？"这才是一个皇帝的眼光和胸襟。一首诗收到这里，既昂扬，又感慨；既有高度，又有厚度。真是好诗！

据说，刘邦在唱完这首《大风歌》后，"慷慨伤怀，泣数行下"。一个只知道笑，不知道哭的人成不了大器；一个只会耀武扬威，不会居安思危的人也成不了大器。这正是这首诗教给我们的道理。

这首诗讲了哪些内容呢？

1. 刘邦是一个什么样的人？

2. 《楚辞》的基本特征是什么？

3. 什么叫起兴？

4. 这首诗教给我们一个什么道理？

《长歌行》

　　《长歌行》是一首乐府诗。乐府是一种诗歌体裁。**按照时间顺序排列，应该是西周春秋的《诗经》、战国的《楚辞》、两汉的乐府。**按照诗歌形式来讲，《诗经》是四言诗，《楚辞》是杂言诗，经常会出现"兮"字。而乐府呢？最经典的乐府都是五言诗。那它为什么叫乐府诗呢？

　　所谓"乐府"，其实是秦汉时期设立的一个政府机构，主管音乐。汉朝的时候，主管音乐的机构有两个：一个是太乐，管理严肃音乐；一个是乐府，管理流行音乐。在乐府里，有些歌曲是文人写的，有些歌曲是从各地搜集来的。按照当时的想法，各地的民歌能够反映各地的风土人情和社会问题，所以要收集起来，让天子听一听，好让天子了解民间疾苦。这样的活动叫"采风"，是乐府的重要工作。由乐府搜集的诗歌被称为"乐府诗"。后来，乐府诗的特征越来越鲜明，人们就不管它是不是乐府采集来的了，只要是这一类诗歌，就都叫乐府诗。于是，乐府诗就变成了一种新的诗歌体裁。因为乐府诗主要流行在西汉、东汉乃至

魏晋时期，所以，人们又把乐府诗称为"汉乐府"。

讲完乐府诗，再说《长歌行》。"长歌行"其实不是诗题，而是一种曲调。这种曲调的特点就是舒缓悠长。大家可能会想，既然有《长歌行》，就应该也有《短歌行》吧？确实如此。汉乐府里既有《长歌行》，也有《短歌行》，我们熟悉的"对酒当歌，人生几何"（曹操《短歌行》）就是《短歌行》。长歌和短歌区分的标准，不在于字数的多少，而在于曲调是快还是慢、是短还是长。曲调长，叫长歌行；曲调短，就叫短歌行。

那么，这首《长歌行》写了些什么呢？

> 青青园中葵，朝露待日晞（xī）。
> 阳春布德泽，万物生光辉。
> 常恐秋节至，焜（kūn）黄华（huā）叶衰（cuī）。
> 百川东到海，何时复西归！
> 少壮不努力，老大徒伤悲。

先看几个关键字。

第一个，"葵"。这个"葵"不是我们今天熟知的向日葵，而是葵菜。在元朝以前，葵菜可是中国当之无愧的"百菜之王"。《诗经》里有"七月亨葵及菽（shū）"，王维的诗里有"松下清斋折露葵"（《积雨辋川庄作》），说的都是这种菜。葵菜易种易活，家家庭院里都种，是古人的当家菜。到了明清时期，北方不怎么种了，但是南方还有残存。

第二个，"晞"。"晞"是日字旁，跟太阳有关，原始意思就是晒干，也可以引申成拂晓、天亮。

第三个，"焜黄"。"焜"是火字旁，跟火有关，本来是明亮的意思。但是，焜和黄连在一起，却不指明亮的黄色，而是指秋天草木枯黄的样子。

第四个，"华"。"华"在这里读成"花"，指的就是花。这在古诗里很常见，比如我们熟悉的《诗经·桃夭》："桃之夭夭，灼灼其华。"这个"华"的意思也是花。

第五个，"衰"。这个字有两个读音，一个读 shuāi，是枯萎、年老、衰弱的意思；一个读 cuī，意思是递减，或者指一种粗麻布制作的丧服。如果按照词义来考虑，这里应该读 shuāi 还是读 cuī 呢？应该是 shuāi。可是大家注意，古代诗歌有一个非常重要的特点，就是押韵。"衰"字按照今天的音韵来读与光辉的"辉"、回归的"归"字并不押韵，但是按照古代的《平水韵》，它们都属于上平"十灰"韵，是押韵的。因此，我们在朗读的时候，为了押韵，可以把它读成 cuī。

讲完知识点，整首诗的意思就非常明确了。

园中的葵菜郁郁葱葱，等着太阳把露珠晒干。

温暖的春天播洒恩泽，让天下万物都光辉灿烂。

它们只怕秋天一到，花朵和枝叶都萎黄变干。

百川奔腾东归大海，何时见到它掉头西返！

少年人若不及时努力，年老后只会涕泪涟涟。

"少壮不努力，老大徒伤悲。"这恐怕是大家最熟悉的诗句吧？老师也罢，家长也罢，都常常拿来教育少年人。而少年人呢，又往往听得心生厌倦，感觉它说教气太重。是不是呢？如果只拿出这两句诗来，确实有点儿生硬，但是这首诗的好处恰恰在于并不生硬，它不是上来就讲大道理，而是层层铺垫，催人奋进。铺垫在哪里呢？除了最后两句，其他都是铺垫。用什么铺垫呢？用当时人最熟悉的东西铺垫。

汉代是农业社会，大家最熟悉的东西就是农作物。而在所有的农作物中，葵菜是家家庭院里都种植的蔬菜，每天推开窗子就会看到。既然如此熟悉，就用它来起兴，来打比方吧。所以，诗歌的第一句就是"青青园中葵，朝露待日晞"。庭院里的葵菜绿油油的，只要给点阳光雨露就能生长，而春天又是那么慷慨，毫不吝惜地播洒着雨露阳光。这就叫"阳春布德泽，万物生光辉"。一个有求，一个必应，多美的事呀！那么，如此美好的景象是不是会一直延续下去呢？才不是。"常恐秋节至，焜黄华叶衰。"葵菜虽然此刻欣欣向荣，但它也害怕秋天啊，一到秋天，天冷了，叶黄了，葵菜的生命也就结束了。

葵菜是眼前的事物，如果把眼光再放远些，放到天地之间呢？天地之间，最引人注目的就是山川河流了。我们中国的河流基本上都是自西向东流的，古代人很早就从百川入海的景象中体悟出人生一去不复返的道理了。孔子说："逝者如斯夫，不舍昼夜。"（《论语·子罕篇》）李白说："君不见黄河之水天上来，奔流到海不复回。"（《将进酒》）同样，《长歌行》的作者也说："百川东到海，何时复西归！"百川东流，奔腾入海，几曾看见哪条河流再折返西回！就这么一小一大，一近一远，层层递进看过去，人们不由自主地联想到了自己。葵菜有生有死，大河一去不复返，那我们不是也终归会死吗？而且，就在你这么想的时候，又有一段时间从指缝中溜走，再也不会回来了。这是多么痛的领悟啊！汉朝人已经为此感觉到深深的痛苦了。怎么办呢？可能有人会说，既然人都会死，那就及时行乐吧，工作也不用做了，身体也不用锻炼了，整天就混吃等死好了。行不行呢？这是一种想法，但绝不是汉朝人的主流想法，也不是中国人的主流想法。

我们经常讲雄汉盛唐，汉朝人很是豪迈，他们是不甘心受命运摆布的。所以，他们给出了另外一种答案："少壮不努力，老大徒伤悲。"这也就是我要说的第二层意思：催人奋进。既然人都要死，为什么还要努力呢？因为葵菜知道自己秋天要枯萎，也照样会努力生长；大河知道自己要入海，也照样会努力奔流。人难道不也该这样吗？

儒家知道，人都会死，肉体都会腐朽，但是，儒家又说，人有"三不朽"。哪三不朽呢？"太上有立德，其次有立功，其次有立言"（《左传·襄公二十四年》）。一个人若是留下万众敬仰的德行，或者立下万众受益的功劳，或者是留下了万口传诵的言语，那他就不朽了。换句话说，人若是能留下点什么有价值的东西，生命就有意义了。怎样才能留下点东西呢？那就要努力呀！就像葵菜只有在春天才能茁壮成长一样，人也只有在少年的时候，才最有精力，最有勇气，所以这个时候最应该努力。否则，等你到了年迈的时候，就不是学什么会什么，而是学什么忘什么，就像葵菜到了秋天一样，想努力也不能够了，再后悔也没用了！这不就是"少壮不努力，老大徒伤悲"吗？这样一来，一个最令人悲伤的话题，就有了一个最催人奋进的答案。这不仅是这首诗的答案，也是汉朝人的答案，所以张骞才会出使西域，司马迁才会发愤著书，霍去病才会说："匈奴未灭，何以家为？"汉朝才会显得那么生机勃勃。

这样看来，这首《长歌行》写得真好，既写出了当时的田园风光，更写出了当时的人生信念。这个信念从此就成为中国人的主流信念，晋朝"及时当勉励，岁月不待人"（陶渊明《杂诗》）是这个信念；唐朝"劝君莫惜金缕衣，劝君惜取少年时"（杜秋娘《金缕衣》）也是这个信念；明朝"明日复明日，明日何其多，我生待明日，万事成蹉跎（cuō tuó）"（钱福《明日歌》）还是这个信念。正因为有了这个信念，有了一代又一代少年人的努力，我们的人生才有了意义，我们的国家也才走到了今天。这就是《长歌行》的力量。

这首诗讲了哪些内容呢？

1. 什么是乐府诗，乐府诗的特点是什么？

2. 长歌和短歌的区别是什么？

3. 你怎样理解"少壮不努力，老大徒伤悲"？

《江南》

　　《长歌行》是励志诗的鼻祖。《江南》是采莲诗的鼻祖。为什么汉朝的诗歌中产生了那么多类题材的鼻祖呢？因为汉朝早呀。西汉的建立，是在公元前 206 年；而东汉的结束，是在公元 220 年。汉朝距离现在已经有两千年左右的时间，很多我们现在耳熟能详的事情都是汉朝创始的。比如，平民有自己的姓，就是从汉朝开始的；正月初一过年的习俗，也是从汉朝开始的。既然如此，好多诗歌题材都在汉朝出现，不也就理所当然了吗？

　　这首诗的题材是采莲诗，具体的诗题叫《江南》。江南在哪里呢？我们今天说到江南，大体上是指长江中下游地区，比如苏南、浙北、皖南、赣东北以及上海一带，都是典型的江南。但在汉朝，说到江南，位置可要偏西得多，它主体上指的是湖南和江西，也就是现在的长江中游地区。今天的江南也罢，历史上的江南也罢，最重要的特点是什么？是水网密布，河渠纵横。到处是河，到处是湖，所以，我们一提到江南，就会想到水乡。是水乡就有水乡的景色，水乡的生活，水乡的劳动。而这首诗写的，就是汉朝江南水乡的样子。

那么，这首《江南》写了些什么呢？

江南可采莲，莲叶何田田，鱼戏莲叶间。

鱼戏莲叶东，鱼戏莲叶西，鱼戏莲叶南，鱼戏莲叶北。

先看几个知识点。

第一个是"田田"。什么是"田田"？现在老师们给学生解释田田，都会说，田田是形容词，是茂密的样子。为什么田田就意味着茂密呢？其实，把田田解释成茂密就是这首诗的一个发明。中国古代的田不都是一小块一小块的嘛，田的四周还有田埂，田埂有的是南北走向，叫阡；有的是东西走向，叫陌。一小块田和一小块田连在一起，远远看过去，就是那么一片横横竖竖的小格子。这么多小格子，引申开来，不就是茂密了吗？于是，原本是名词的"田"，重叠之后，就成了形容词，形容荷叶茂盛。用这个词来形容荷叶太贴切了，所以在这首诗之后，田田不仅可以指茂密的荷叶，还可以指荷叶本身。比如，我们可以说，荷叶田田，随风摇曳。在这里，田田是作为形容词使用的。也可以直接说田田出水，随风摇曳。在这里，田田就是指荷叶，是名词。

第二个是东、西、南、北那四句诗："鱼戏莲叶东，鱼戏莲叶西，鱼戏莲叶南，鱼戏莲叶北。"可能有人会觉得，这诗人好啰唆，直接说鱼围着莲叶游了一圈不就行了吗？行是行，但那不叫诗。这四句相似度很高的诗，其实是用了古代诗歌一个很重要的表现手法，就是我们前面讲过的复沓。

我们讲《诗经·卫风·木瓜》的时候说过，第一段里"投我以木瓜，报我以琼琚"；到第二段，变成了"投我以木桃，报之以琼瑶"；到第三段，又变成了"投我以木李，报之以琼玖"。只是变了几个名词，其他的都不变，这就叫复沓。

这一首《江南》更厉害，它连续四句，只变了几个表示方位的字：从东变到西，从南变到北。为什么要用复沓呢？还是那个道理，古代的诗都是要配乐吟唱的，而复沓，就是歌曲的反复回旋。根据学者们的研究，这首诗的唱法可能还要更复杂一些，它不是分成几段回旋，而是有领唱，有合唱。其中前三句是领唱："江南可采莲，莲叶何田田，鱼戏莲叶间。"后四句是合唱："鱼戏莲叶东，鱼戏莲叶西，鱼戏莲叶南，鱼戏莲叶北。"想想看，如果合唱的人分成四组，一个组唱一句，是不是就凑成了一个东、西、南、北的回旋呼应？

这彼此之间的呼应，其实是这四句诗使用的另一种修辞方法，叫作互文。所谓互文，就是一组句子相互呼应，相互补充，形成一个完整的意思。比如，大家熟悉的《木兰诗》中，木兰替父从军，先要买装备。怎么买呢？"东市买骏马，西市买鞍鞯（jiān），南市买辔（pèi）头，北市买长鞭。"可能有人会不理解，她为什么这样买东西呀？是当时一个市场只卖一种东西，还是木兰太死心眼？其实都不是，这就是互文。意思就是说，木兰在东、西、南、北几个市场转悠，最后买了骏马、鞍鞯、辔头和长鞭这几样东西。

这首《江南》也是如此，并非鱼儿先游到东边，再游到西边、南边、北边，而是鱼儿就在莲叶旁边自由自在地穿梭往来，一会儿东、一会儿西、一会儿南、一会儿北。为什么要用这样的句式呢？还是为了句子漂亮。如果说鱼儿在东、西、南、北游荡，多无趣！可是如果说"鱼戏莲叶东，鱼戏莲叶西，鱼戏莲叶南，鱼戏莲叶北"，马上诗歌的节奏感就出来了，句子也俏皮起来了，鱼儿那种活泼的样子也出来了，这是多么美的诗句啊！

知识点讲清楚了，那这首诗是什么意思呢？

江南又到了采莲的时节，满池的荷叶挨挨挤挤，迎风招展，鱼儿就嬉戏在茂密的莲叶之间。

你看那鱼儿，一会儿在这儿，一会儿在那儿，分不清到底是在东边、在西边、在南边，还是在北边。

这首诗写得特别美。美在哪儿呢？

第一，景美。 采莲这种劳动，自身就带着美感。清清的池水、绿绿的荷叶、红红白白的荷花，这几种颜色搭配在一起，简直就像风景画一样，更何况还有游来游去的鱼儿，又增加了几许生动。不必去看实景，单是看着这些词，眼睛就亮了。这其实就是江南水乡的优势。你若是在旱田劳动，便没有这么漂亮的景致。

旱地劳动是什么样子呢？大家都学过李绅的《悯农二首》其二："锄禾日当午，汗滴禾下土。谁知盘中餐，粒粒皆辛苦。"脸朝黄土背朝天，汗珠子掉地上摔八瓣，我们看了都觉得辛苦。所以千百年来，大家才都用这首诗来相互提醒，要珍惜劳动，节约粮食。

采莲就不一样了，虽然也是劳动，但是因为劳动的场景太美了，让人感觉劳动本身都是快乐的。所以后世有好多采莲歌，都特别美，特别俏丽。比如，南朝有"采莲南塘秋，莲花过人头。低头弄莲子，莲子清如水"（《西洲曲》）；唐朝有"荷叶罗裙一色裁，芙蓉向脸两边开，乱入池中看不见，闻歌始觉有人来"（王昌龄《采莲曲二首》其二）。是不是都像画一样，让人悠然神往呢？

第二，人美。 这首诗里有人吗？乍一看，并没有呀。通篇都是荷叶和鱼儿。可是你再想，"江南可采莲"，是谁采莲？当然是采莲姑娘了。在江南水乡，采莲是姑娘们的重要劳动，一直到今天还是如此。这还不够，是谁看到了"鱼戏莲叶间"？当然还是这群采莲姑娘啊。其实，哪里是鱼儿在水里东一下、西一下的嬉戏，分明是姑娘们划着小船，一会儿划到东边，一会儿划到西边……她们一边摘着莲蓬，一边唱着歌，一边说着悄悄话，一边还撩起水来，泼在同伴的身上。这不也是"鱼戏莲叶东，鱼戏莲叶西，鱼戏莲叶南，鱼戏莲叶北"吗？

有姑娘的地方，也会有小伙子吧？他们肯定在跟姑娘们开着玩笑，而姑娘们呢？一边笑着，一边躲来躲去，这是多么欢乐、多么富有青春气息的场景啊。所以，这里头莲叶的"莲"字，又可以解释成怜爱的"怜"，代表着美好的感情，这也是中国古代民歌的一个常识。一首诗里根本没出现人，却又让人觉得如见其人、如闻其声，这是多么精彩啊！

就这样，一首诗看下来，夏日的风光扑面而来，青春的快乐也扑面而来了。内容这么饱满，但文字又是那么清新明快，仿佛带着荷叶、荷花的香气，这就是汉乐府的魅力。

整个秦汉部分，我们跟大家分享了《大风歌》，那是开国皇帝的慷慨悲歌；又分享了《长歌行》，那是哲人对生命意义的思考；还分享了《江南》，那是水乡女子在享受着劳动的快乐和青春的喜悦。什么是汉朝？这些最美好的特质加在一起，才是富有魅力的汉朝。

下一篇，我们就要进入魏晋南北朝了，那可是一个波澜壮阔的大时代。

📖 这首诗讲了哪些内容呢？ 📖

1. 在地理位置上，今天的江南和汉朝的江南有什么不一样？

2. 田田是什么意思？

3. 什么叫互文？

4. 这首诗用了哪些情景交融的写作手法？

三国两晋

南北朝

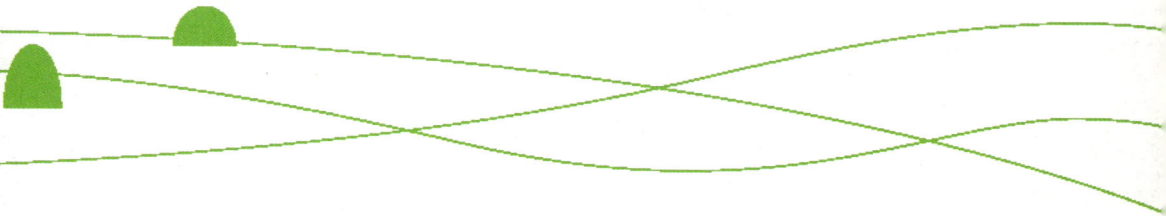

《观沧海》

　　曹操的《观沧海》是我们这本书中所选的第二首皇帝所作的诗歌，第一首是汉高祖刘邦的《大风歌》。只不过刘邦是实任的皇帝，而曹操是追认的皇帝。曹操死后，他的儿子曹丕（pī）篡（cuàn）汉，建立魏国，追封他为魏武帝。从这里也可以看出曹操和刘邦的缘分来了，刘邦是大汉四百余年基业的开创人，曹操基本上算是汉王朝的终结者。两个人性格也有一比，刘邦是个有点儿流氓气的皇帝，而曹操呢，我们从小看《三国演义》，都知道汉末名士许劭（shào）对曹操的那句评价："治世之能臣，乱世之奸雄。"可见二人的性格也有相似性。

　　《三国演义》尊刘抑曹，所以重点表现曹操的奸诈，写了好多他干的坏事。但是，我们评价历史人物，不能完全被小说牵着鼻子走。事实上，曹操不仅有"奸"的一面，更有"雄"的一面。雄在哪里呢？除了统一中原，为魏国开基之外，曹操还是个文化英雄。

　　曹操是古代所有帝王之中写诗水平最高的。他不光自己写诗好，还带出了两个好儿子——曹丕和曹植，父子三人合称"三曹"。后世只有北宋的"三苏"（苏洵、苏轼、苏辙）可以相媲美。这还不够，曹操还把当时一批最了不起的文人都团结在自己身边，共同创造出一种既雄壮又爽朗的写作风格。因为当时还是汉献帝时代，年号"建安"，所以，后世就把这种慷慨雄壮的风格称为"建安风骨"。从此之后，有没有风骨，也就成了我们评价文学作品好坏的一个重要标准。曹操既是一代政治家，又是一代文宗，这在中国历史上可不多见。

说完作者，再说诗题。这首诗，我们现在一般叫它《观沧海》，但事实上，把标题说全了，应该是《步出夏门行·观沧海》，也是一篇乐府诗。

所谓"步出夏门行"，其实是一个乐府的老题目，相当于我们之前讲过的《长歌行》，只不过《长歌行》是五言，而《步出夏门行》是四言。曹操借这个老题目来填新词，一共填了四章，这首《观沧海》是第一章。建安十二年（207），曹操北征乌桓（huán），得胜回师，途经碣（jié）石山，登高观海，不禁感慨万千。将这番见闻和感慨熔铸成诗句，于是有了这首《观沧海》。

东临碣石，以观沧海。

水何澹澹（dàn），山岛竦峙（sǒng zhì）。

树木丛生，百草丰茂。

秋风萧瑟，洪波涌起。

日月之行，若出其中。

星汉灿烂，若出其里。

幸甚至哉，歌以咏志。

先说知识点。

首先来看一个名词——沧海。所谓沧海，泛指大海。大海为什么叫沧海呢？这就涉及"沧"字的来历了。"沧"字左边是三点水旁，当然和水相关。右边的"仓"字，既代表读音，也有意义。所谓仓就是粮仓，粮仓旁边加上水，就是物产丰富的大海。大海是什么颜色的？大海是深沉的蓝色，也就是苍青色的。所以，后来"沧"又有一个含义，就是指苍青色。这样一来，所谓沧海，既可以解释成大海，也可以解释成苍青色的大海。

其次来看一个形容词——澹澹。澹澹是三点水旁，仍然和水相关，是水波摇动的样子。

再次来看一个象声词——萧瑟。澹澹形容水，萧瑟形容风，是风吹过树叶的声音。既然是秋风扫落叶，这声音自然带着点儿肃杀的气息，所以萧瑟也是形容词，表示肃杀。

最后来看结尾——"幸甚至哉，歌以咏志"。其实这不是一个真正的结尾，而是一句套话，好多乐府诗的结尾都这样写，意思就是说，我太荣幸了，给大家唱首歌吧。

知道了这些知识点，这首诗就不难翻译了：

我向东登上碣石山，去看那苍茫的大海。

大海是多么浩荡，山岛也巍峨高耸。

山上林木茂密，百草郁郁葱葱。

秋风吹动着树木，也让大海波翻浪涌。

日月交替运行，好像就从大海里出生。

银河星光璀璨，好像也从大海中升腾。

我是多么幸运，就用这首歌来表达我的心情。

先看结构。这首诗可以分成三部分。前两句，"东临碣石，以观沧海"是第一部分，算是整首诗的写作由头。中间十句，"水何澹澹，山岛竦峙。树木丛生，百草丰茂。秋风萧瑟，洪波涌起。日月之行，若出其中。星汉灿烂，若出其里"是主体内容，也是第二部分，写登临之后看到的风景。最后两句，"幸甚至哉，歌以咏志"是结尾，也就是第三部分。

从结构安排可以看出来，这首诗的重头戏在中间部分。这部分写得极其雄壮，可以概括成三大好处。

第一，这首诗写出了最雄壮的大海。 我们是农业民族，不常在海里活动。所以古代诗人很少直接写到海，即使写也是把它当成边界、当成尽头来看待。比如，我们之前讲《长歌行》："百川东到海，何时复西归！"海并不是诗人关注的主体，诗人只是想说，河到这里就结束了。还有一种，虽然也写海，但海只算是一个背景。比如张九龄的"海上生明月"（《望月怀远》），诗人关注的主体是明月，海只是衬托明月的一块大幕布而已。

但是，这首《观沧海》不一样，海就是他要写的主要内容。他对大海，有三处形容：其一，"水何澹澹"；其二，"洪波涌起"；其三，"日月之行，若出其中。星汉灿烂，若出其里"。

"水何澹澹"形容什么？形容海面的宽广和平静，这是大海的常态。

大海平时是平静的，但是一旦秋风吹起，它又是那么波涛汹涌。"洪波涌起"，这是多么动荡不定、深不可测的大海呀。"水何澹澹"和"洪波涌起"，这还是人们日常能够看得到的大海。但是，"日月之行，若出其中。星汉灿烂，若出其里"就不一样了，它不是真实的大海，而是曹操想象出来的大海。大海如此辽阔，如此深邃，是不是日月星辰都是从这里升起，又降落到这里呢？这个想象可不一般，它让大海和天空，和天体都连在一起，大得无边无际，气吞宇宙。就算是没有见过海的人，看到这首诗，也能感受到海的气势了。

　　<mark>第二，这首诗写出了最雄壮的秋天。</mark>古代诗人感情丰富，听见秋风就想到落叶，进而想到青春易逝，红颜暗老，这就是"自古逢秋悲寂寥（liáo）"（刘禹锡《秋词二首》其一）。本来，伤春悲秋，属于人生常态，但是这首诗却不一样。它是不是写秋天？当然是。就算我们不了解曹操北征乌桓的具体时间，我们至少能看到"秋风萧瑟"这句诗。那么，在秋风吹拂下，山是怎样的呢？"树木丛生，百草丰茂。"虽然已经是秋天了，但是草木并没有凋零，相反它还是那么茂盛。经霜不凋，这是多么英雄的草木啊。同样，在秋风吹拂下，海是怎样的呢？"秋风萧瑟，洪波涌起。"海借着风势，掀起滔天巨浪。这海又是多么有气势啊。这样看起来，这首诗里的秋景一点儿都不软弱，一点儿都不凄凉，相反它十足雄壮，十足令人心潮澎湃。

　　<mark>第三，这首诗写出了最雄壮的人生。</mark>可能有人会说，哪里有人啊？不就是开头两句"东临碣石，以观沧海"，让我们知道有个人在看海；结尾两句"幸甚至哉，歌以咏志"，让我们知道有个人在唱歌吗？并非如此。这首诗通篇都是在写景，但也通篇都在写人。难道，"树木

丛生，百草丰茂。秋风萧瑟，洪波涌起"，背后没有人吗？当然有人。能够这么看秋天的人，一定是"老骥（jì）伏枥（lì），志在千里。烈士暮年，壮心不已"的老英雄吧？事实上，这几句也是曹操的诗，出自《步出夏门行》的第四首《龟虽寿》。"日月之行，若出其中。星汉灿烂，若出其里"，背后有没有人？当然也有人。能够这么思考大海的人，一定是个"山不厌高，海不厌深。周公吐哺，天下归心"的政治家吧？其实，这几句诗也是曹操写的，出自他的《短歌行》。

再回到这首诗的背景上来。曹操为什么有机会观沧海？因为他北征乌桓，回来的时候路过此地。他为什么又要北征乌桓呢？那是因为他当时已经打败了河北的袁绍，紧接着就要进军江东，谋求统一天下。而乌桓就在河北的北面，而且跟袁绍的残余势力有勾结，如果曹操不管乌桓，直接南下，就有可能面临腹背受敌的危险。所以，曹操才要先行拿下乌桓。写这首诗的时候，曹操已经打败了乌桓，统一的蓝图正在他的心中勾画。在这种情况下俯视苍茫大海，他又怎能不壮怀激烈，热血沸腾！把这种壮怀激烈的感情放进诗里，再用俊朗的语言表达出来，就是令后世心驰神往的"建安风骨"。

曹操观沧海的地点在碣石山。这座山曾经见识过无数伟人，秦始皇、汉武帝在这儿求过仙，隋炀帝、唐太宗在这儿驻过兵。但是，这些皇帝都没留下什么痕迹。在历史上，给这座山打下最深烙印的就是曹操的这篇《观沧海》，这就是文学的力量。所以毛主席才会说："往事越千年，魏武挥鞭，东临碣石有遗篇。萧瑟秋风今又是，换了人间。"（《浪淘沙·北戴河》）毫无疑问，毛主席这阕词，体现的也是"建安风骨"，也是当之无愧的英雄诗篇。

这首诗讲了哪些内容呢？

1. 曹操和刘邦有着怎样的缘分？

2. 沧海指的是什么？"澹澹"和"萧瑟"是什么意思？

3. 什么是"建安风骨"？

4. 曹操为什么北征乌桓？

《饮酒》（其五）

陶渊明其人大家都听说过，是东晋大诗人，也是中国古代最著名的隐士。什么叫隐士？可能有人会说，就是隐居的人吧。对不对呢？不全对。隐士最重要的特点不是隐居，而是不做官。可是，不做官的人太多了，工人农民都不做官，难道都是隐士吗？当然不是。隐士首先得是"士"，也就是读书人。那么，是不是一个读书人，只要不当官就能叫隐士呢？还不是。有些读书人特别想当官，但是一直没当上，那样的人不能叫隐士。**只有既是读书人，又有机会做官，只是出于自己内心的高洁追求，主动不当官的人才能叫隐士。**陶渊明就是这样一个人。

陶渊明本来是彭泽县令，刚上任八十多天，有一个上级官员到彭泽县去检查工作。这个官员既傲慢又贪婪，每次检查工作，各县长官都要对他卑躬屈膝，还得向他行贿（huì），才能破财消灾。所以这一次，县里的小吏赶紧对陶渊明说："请束带见之。"意思是让陶渊明也卑躬屈膝地讨好他。可是，陶渊明是个既刚直又骄傲的人，他丢下一句话："吾不能为五斗米折腰，拳拳事乡里小人邪！"（《晋书·陶潜传》）直接挂印辞官，回家种田去了。这就是著名的"**不为五斗米折腰**"。

我为什么要讲这个故事呢？其实是想说，有这样的精神才是真隐士，也只有真隐士才能写出《饮酒》（其五）这样的好诗来。

《饮酒》诗到底怎么写呢？按照一般的想象，应该写成"五花马，千金裘，呼儿将（jiāng）出换美酒"（李白《将（qiāng）进酒》）那样才对吧？至少也得是"绿蚁新醅（pēi）酒，红泥小火炉"（白居易《问刘十九》）。可是陶渊明这首诗通篇看下来，根本没讲喝酒，为什么要叫《饮酒》呢？这首诗里的确没有酒，它之所以叫《饮酒》，不是要写怎么喝酒，而是因为它是在喝了酒之后写的。

中国古代诗人基本都爱喝酒，陶渊明差不多算是最早的一位以喝酒闻名的诗人。当年，他刚当彭泽县令的时候，按照规定，国家拨给他二百亩公田补贴生活。这二百亩地种什么呢？北方人可能想种麦子，南方人可能想种水稻，但陶渊明大手一挥，全部种秫（shú）！为什么种秫呢？因为秫是酿酒的材料。也就是说，在陶渊明的心中，喝酒比吃饭还重要。后来他辞官归隐，没钱买酒了，但是，只要有谁送他酒，他一定痛饮，喝完必大醉，醉后必写诗。这样一来二去，酒喝了不少，诗也写了不少，归拢一下，足足有二十首，就都命名为《饮酒》。我们现在看到的这首，是《饮酒》系列中的第五首，所以叫《饮酒》（其五）。

结庐在人境，而无车马喧。

问君何能尔，心远地自偏。

采菊东篱下，悠然见南山。

山气日夕佳，飞鸟相与还。

此中有真意，欲辨已忘言。

先看知识点。

第一，"结庐"。结庐在中学课本里一般解释成盖房子。这不太准确。确切地说，庐不是房子，而是草房子，或者叫陋室。刘禹锡《陋室铭》里有"南阳诸葛庐，西蜀子云亭"。所谓诸葛庐，不就是我们今天说的诸葛草堂吗？这才是庐的真正含义。为什么非要强调这一点呢？因为陶渊明是个隐士，隐士没钱，而且清高，所以他住的房子绝不是一般的房子，更不是高楼大厦，只有草庐才符合他的身份，也符合他内心的情趣。

第二，"人境"。所谓人境，就是人口密集、熙来攘往的热闹地方。

第三，"见"。见是个多音字，在这里究竟读 jiàn，还是读 xiàn 呢？那就要看不同读音的含义了。如果读成 jiàn，意思就是看见，是人的主观活动；如果读成 xiàn，意思就是出现，则是一种客观呈现。那么，在这首诗里，究竟哪一种意思更确切呢？这就要把一整句诗看下来，"采菊东篱下，悠然见南山"。陶公正在篱笆下采菊花，是一抬头看见南山好，还是南山忽然出现了好呢？当然是一抬头就看见南山更好。这南山又不是小汽车，怎么会忽然出现呢？

掌握了这几个知识点，整首诗就好翻译了。

草庐盖在红尘里，却又并无车马喧。

问我何以能如此，心超世外地自偏。

手采菊花东篱下，悠然自得见南山。

山间云气傍晚好，飞鸟结伴把巢还。

此中自然有真意，我欲辨之已忘言。

全诗可以分为三部分。第一部分是前四句，"结庐在人境，而无车马喧。问君何能尔，心远地自偏"。一开头，诗人就给出了一对矛盾。所谓"人境"，自然是人烟稠密，红尘滚滚，在这儿盖几间草房，怎么会听不到车马喧闹呢？到第三、四句，作者一问一答，自己给出答案了，"问君何能尔，心远地自偏"。为什么他不觉得喧闹呢？因为他的心已经远离名利场，尘世的喧嚣对他没有意义，自然也就视而不见，听而不闻了。这不就是古人所说的"小隐在山林，大隐于市朝"吗？如果心不静，山林也只不过是"终南捷径"，一旦心静下来，就算在市井中、朝堂上，也会觉得无比安宁了。这是第一部分，讲摆脱名缰利锁的烦恼。

问题是，摒弃了世俗追名逐利的价值观之后，人总要找到新的人生支点。如果不为功名利禄，人到底为什么活呢？下面的四句，也就是全诗的第二部分有了解答，"采菊东篱下，悠然见南山。山气日夕佳，飞鸟相与还"，在自己家的篱笆下随意采一朵菊花，不经意间一抬头，南山一下子就映入眼帘。这个南山是什么山？要知道，陶渊明是在柴桑隐居，柴桑就在今天的江西省九江市，而九江的南边，就是巍峨的庐山。庐山到底是一种怎样的存在呢？李白在《望庐山瀑布》中说："飞流直下三千尺，疑是银河落九天。"可见其高。苏轼在《题西林壁》中又说：

"横看成岭侧成峰，远近高低各不同。"可见其大。可是在陶渊明的眼里，这山既不高，也不大，他就那么一抬头，一下子，南山就映入眼帘了，这是何等自然，何等闲适啊。

那么，在陶渊明心目中，南山是什么样子呢？看下面两句，"山气日夕佳，飞鸟相与还"。山上云雾缭绕，在夕阳的照耀下美不胜收。此时小鸟也疲倦了，正成群结队地返回树林。鸟返回山林了，人不是也返回自然了吗？其实，不光是人和鸟，这菊花、这南山、这云彩，全都回到了大自然里，也全都回到了自然而然的本性当中。这不就是一种人生的新境界吗！

在这样的生活中，陶渊明到底找没找到人生的意义呢？看最后两句，也是全诗的第三部分，"此中有真意，欲辨已忘言"。这样的生活中包含着人生的真谛，想要说出来，却找不到合适的语言。为什么呢？因为这里的真意，绝不是用逻辑来思考的，而是要用心灵来感受的。感受到了，就是得到了。既然得到了，又何必非得把它表达出来呢！这就是古人所说的**得意忘言**，也是中国哲学的超凡境界。

说了这么多，这首诗究竟好在哪里呀？我觉得它有两大好处：

第一，它描绘了一幅那么美好的田园风光，因此形成了中国诗歌的一个重要流派——田园诗派。"采菊东篱下，悠然见南山"，写得何等自然，一点儿华丽的色彩都没有。可是，你闭上眼睛想一想，会觉得这画面太美了，直到今天，我们想象田园生活，还是会首先想到"采菊东篱下，悠然见南山"。这就是我们中国人的田园，也是我们中国人的精神家园。这样描写田园、讴歌田园的诗歌，后来逐渐形成一个诗派，就叫田园诗派。陶渊明是田园诗的鼻祖，在他之后，王维也罢，孟浩然也罢，都沿着这条路子继续往下走，田园诗也成了中国诗歌的第一个重要流派。

第二，它提供了一条新的人生道路。 我们之前讲汉朝，是大汉雄风；讲三国，是慷慨悲歌。那都是英雄的时代，充满着建功立业的进取精神。但是，陶渊明生活在东晋末年、南朝初年。那个时候，北方已经成了胡人的天下，东晋政权只是偏安江南。偏安也罢了，这个政权还特别衰弱，世家大族把持权力，权臣内斗不已，一般读书人根本找不到出路。这正是陶渊明"不为五斗米折腰"的大背景，也是陶渊明终日饮酒的大背景。在这样的社会背景下，个人想发愤努力都没有空间。怎么办呢？陶渊明的诗给了人生另外一条道路，这条道路就是返回自然，跟自然融为一体。如果说，一往无前是儒家的思想，那么，乐退安贫就是道家的境界了。从此之后，儒道互补就成了中国人的精神追求。得志时积极进取，建功立业；失意时寄情山水，采菊东篱。进可攻，退可守，这不仅是诗的新境界，也是人生的新境界。千百年来，它丰富着中国人的选择，也抚慰着中国人的心灵。

🍃 这首诗讲了哪些内容呢？ 🍃

1. 什么叫隐士？

2. "结庐"是指什么？ "人境"又是什么意思？

3. 什么是田园诗？田园诗派指什么？

《敕勒歌》

　　所谓"敕勒（chì lè）歌"，就是敕勒人唱的歌。敕勒人又是什么人呢？敕勒人是古代北方草原上的游牧民族。这个民族最早生活在今天贝加尔湖一带，就是苏武牧羊的北海（今蒙古人民共和国北面，俄罗斯西伯利亚地区），后来逐渐往南迁，一直迁到漠南，也就是现在的内蒙古自治区，有一部分甚至迁到了山西一带。怎么能够迁徙那么远的距离呢？原因之一就是这个民族擅长造车。根据学者研究，他们制造的车轮直径达1.4米。可想而知，整个车子得有多高。所以，其他民族干脆把他们称为"高车"。除了会造车，这个民族还特别能歌善舞。据史料记载，北魏的时候，他们曾经搞过一次特别盛大的祭天仪式，有几万人参加。在仪式上，大家杀牛宰羊，载歌载舞，像极了今天蒙古族的那达慕大会。想想看，我们现在看到的这首《敕勒歌》，可能在当时的某次大会上就有人唱过了，多神奇啊！

敕勒川，阴山下。天似穹（qióng）庐，笼盖四野（yǎ）。

天苍苍，野茫茫，风吹草低见（xiàn）牛羊。

那么，《敕勒歌》到底写了些什么内容呢？先看几个知识点。

第一，"敕勒川，阴山下"。所谓"敕勒川"，就是敕勒人生活的平川。这片平川到底在哪里，现在还有争议，一般认为是今天内蒙古自治区的土默川。而诗里给出的定位，则是在阴山下。那阴山又在哪里呢？阴山位于现在蒙古高原的中部，是一座东西走向的大山，横跨一千多公里，是农耕文化与游牧文化的天然分界线。草原上的游牧民族如果跨过阴山，就会对中原王朝形成强大的威胁。所以王昌龄才说："但使龙城飞将在，不教胡马度阴山。"（《出塞二首》其一）反过来，中原汉人若是跨过阴山，草原民族也会失去依托，变得衰弱。所以说，阴山在中国地理、中国历史、中国文化方面都非常重要。在四顾苍茫的草原上，它也是个重要的地理参照物。

第二，"天似穹庐，笼盖四野"。穹庐是什么？我们讲《饮酒》的时候说过，庐是简陋的房子。而穹的意思是中间高，四周低。穹庐放在一起，就是一种中间高、四周低的毡（zhān）房，也就是我们今天说的蒙古包。

"笼盖四野"的"野"在《平水韵》中属于上声"二十一马"韵部，和"阴山下"的"下"字押韵。因此在这里可以读作 yǎ。

第三，"天苍苍，野茫茫，风吹草低见牛羊"。"风吹草低见牛羊"中的"见"字，到底要读 xiàn，还是读 jiàn 呢？我们讲《饮酒》的时候说过，读 jiàn 表示主观，意思是看见。读 xiàn 表示客观，意思是出现。

什么是"风吹草低见牛羊"？它是指风吹得野草低下头去的时候，原本隐没其中的牛羊就显露了出来，这是一种客观现象，所以，读 xiàn 才更为合理。

知道了这些知识，这首诗怎么翻译呢？

我们的家乡敕勒川，就在那雄伟的阴山脚下。天就像一个大大的毡房，笼罩着四周的原野。

天色苍苍啊，旷野茫茫，一阵风吹来，牧草都低下了头，露出草地里一群群的牛羊。

这首诗的好处，就在于无限的辽阔和无尽的活力。

辽阔在哪里？就在这首诗的第一部分，"敕勒川，阴山下。天似穹庐，笼盖四野"。"敕勒川，阴山下"，上来先给个定位，这定位真大气。为什么大气？因为参照物足够大。我们一般给参照物，绝对不会大气到这个程度。比如有人问你，手机在哪儿？你可能会说，在桌子上，或者在枕头下。我们一般给出的都是一些特别具体的参照物。可是"敕勒川，阴山下"不一样。阴山从东到西有一千多公里长。拿这绵延千里的大山定位，这个地方，该是何等辽阔！因为参照物足够大，敕勒川无边无际的气势一下子就凸显出来了。无边无际的敕勒川上头，就是无边无际的蓝天了。这天在头顶上显得很高，可是，当你极目四望，越看越远的时候，又觉得天跟地仿佛连在了一起。这是一种什么感觉？这就是"天似穹庐，笼盖四野"，天像帐篷一样，中间高，四周低，把敕勒川给盖住了。这样的感觉，在中原也罢，在江南也罢，根本找不到。为什么？因为建筑物太多，我们根本看不到完整的天际线。但是，一旦走上无遮无拦的草原，你就能找到这种感觉。天盖下来，地伸出去，极目四望，一片空阔，这是多么雄壮的画面啊！

可是，如果只写到这里，这画面就显得太大、太空，也太安静了，会让人找不到焦点。怎么办呢？没关系，看第二部分，也就是后三句，"天苍苍，野茫茫，风吹草低见牛羊"。无边无际的蓝天啊，无边无际的旷野啊，这本来还是在承接前面的"天似穹庐，笼盖四野"，是对天地的进一步抒情。可是，它到这里没有完，而是出人意料地加上了一句神来之笔，"风吹草低见牛羊"。一下子，无限广阔的画面就有焦点了，而且亘古宁静的草原也动起来了。什么在动？首先是风在动，因为风动了，所以草动了；因为草动了，所以原来隐藏在牧草中的牛羊也露出来了。除此之外，还有没有别的什么在动？当然有。我们讲《江南》的时候就说过，在鱼儿旁边，一定有采莲的姑娘。同样，在牛羊旁边，怎么可能没有牧羊人呢？这牧羊人就是敕勒川的主人，他们的心胸跟敕勒川一样辽阔，他们的性格跟草原上的风一样豪放。这就是我们说的第二个特点——无限的活力。

整首诗读下来，真令人感动。铿锵（kēng qiāng）爽朗，写尽了塞北雄风。若是能跟《江南》对着读更好。同样是民歌，一个写草地，一个写池塘；一个写鱼儿，一个写牛羊；一个写牧羊少年，一个写采莲姑娘。这豪放的塞北跟温柔的江南加在一起，才是我们中国人的家乡。

讲到这里，有没有人好奇，敕勒人的歌声我们是怎么知道的呢？这就涉及这首诗诞生的历史背景了。

《敕勒歌》是一首北朝民歌。而北朝，又是中国历史上一个民族融合的大时代。按照历史的发展脉络，秦汉后面是三国，三国统一成西晋。西晋末年内乱，匈奴、鲜卑、羯、氐、羌等少数民族纷纷进入中原，他们把晋朝皇室赶到了南方，自己建立了大大小小十几个政权，历史上称为"五胡十六国"，这是中国历史上的一大乱世。后来，在这些少数民族中，鲜卑族脱颖而出，建立了北魏，统一了北方。再到后来，北魏分裂成东魏、西魏，东魏、西魏又演化成了北齐和北周。这五个政权都是以鲜卑人为主体建立的，历史上就称之为北朝。跟在江南建国的南朝相对，合称南北朝。

这跟《敕勒歌》有什么关系呢？北魏统一北方可并不简单，它是靠打仗打出来的。其中，北魏重点征服的一个民族就是敕勒。他们征服敕勒之后，把十万敕勒人迁到了漠南，这就是敕勒人的新家乡——敕勒川。敕勒川上的敕勒人好多都加入北魏的军队当中，成了骁（xiāo）勇的士兵，乃至将军。后来，北魏分裂成东魏和西魏，敕勒人也继续为新政权作战。

当时，东魏和西魏整天打仗，都想吞并对方。其中，有一仗打得特别惨烈，叫**玉璧之战**。当时，东魏的权臣高欢率领十万军队攻打西魏的军事重镇玉璧（今山西稷山县附近），结果惨败，战死、病死了七八万人。更可怕的是，主帅高欢也一病不起。在这种情况下，军心一下子就动摇起来了。眼看形势危急，高欢只好勉强挣扎着大宴将士，让大家知道，自己还没有死。可是，这还不足以提振士气，怎么办呢？在宴席上，高欢让跟随他多年，深得人心的老将斛（hú）律金给大家唱首歌。斛律金就出身于敕勒族。他环顾四周，慷慨悲歌，脱口而出的就是这首《敕勒歌》："敕勒川，阴山下。天似穹庐，笼盖四野。天苍苍，野茫茫，风吹草低见牛羊。"这首歌在唱什么？唱的是敕勒人的家乡。从广义上来讲，也是鲜卑人的家乡，是一切北方游牧民族的家乡。这首歌唱起来之后，主帅高欢流着眼泪，跟着唱起来了，所有的士兵都流着眼泪，也跟着唱起来了。大家都是敕勒川的孩子，怎么能甘心就死在这里呢？再艰难，也要活着回去，再看一眼辽阔富饶的敕勒川啊。就这样，残兵败将又鼓起了勇气，这支军队得救了。这样看来，这首《敕勒歌》虽然不是战歌，但是它的力量一点儿也不亚于《诗经·秦风·无衣》。

斛律金当时唱这首歌的时候，是用什么语言唱的呢？有人说是敕勒语，有人说是鲜卑语，但无论如何不是汉语。到后来，有精通双语的人觉得这首歌太好了，就把它翻译成汉语，这才有了我们今天看到的这首精彩绝伦的《敕勒歌》。

我们今天觉得《敕勒歌》伟大，其实，在《敕勒歌》背后，魏晋南北朝波澜壮阔的民族融合更伟大。如今，能征善战的敕勒人早已经消失在了历史的风烟之中。可是，只要《敕勒歌》还在，敕勒人就永远不朽。

我们用三首诗总结了三国两晋南北朝。其中，《观沧海》代表三国，那是乱世英雄的慷慨悲歌；《饮酒》代表两晋，那是乱世文人开辟的另一条人生道路；《敕勒歌》代表南北朝，那是波澜壮阔的民族大融合。

接下来，我们要进入一个新的历史时期，也是中国人心中的高光时刻，叫作隋唐。

这首诗讲了哪些内容呢？

1. 什么叫《敕勒歌》？敕勒人是什么人？

2. "穹庐"是指什么？"见"是什么意思？

3. 《敕勒歌》诞生的历史背景是怎样的？

隋

唐

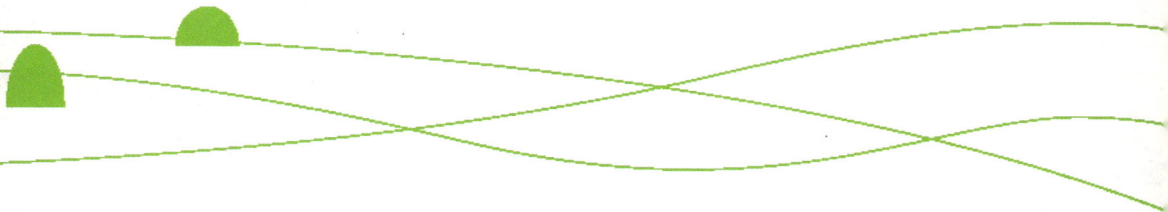

《登鹳雀楼》

雄汉盛唐，是我们中国人永久的骄傲。将盛唐与雄汉相比较，会比出什么结果呢？我想，如果用一句诗形容，那就是"更上一层楼"。而这耳熟能详的诗句，就出自唐代诗人王之涣的《登鹳（guàn）雀楼》。

白日依山尽，黄河入海流。

欲穷千里目，更上一层楼。

先说诗体。我们之前讲《诗经》也罢，《汉乐府》也罢，都属于古体诗。但是，这首《登鹳雀楼》不一样，它是一首五言绝句，属于近体诗。近体诗又叫格律诗，比古体诗规矩多。就拿五言绝句来说吧，每句五个字，一共四句话，二十个字，却要写出丰富的含义，还要讲究平仄和对仗，非常难写。但是，一旦写好了，又会觉得短而有味，既朗朗上口，又余韵悠长。

再说诗题——《登鹳雀楼》。鹳雀楼在山西省的永济市。永济古称蒲州，扼（è）守黄河要道，地理位置非常重要。南北朝的时候，这里是北周和北齐对峙的前沿阵地，北周权臣宇文护就在这儿修建了一座戍（shù）楼，瞭（liào）望敌情，当时也没有名字。楼修好之后，因为挨着黄河，总有鹳鸟云集，所以就叫鹳雀楼。到了唐朝，国家统一，这座楼没有了军事价值，却成了文人墨客的登临之地。王之涣也是其中之一，他登高览胜，大笔一挥，一首《登鹳雀楼》喷薄而出。也正是因为这首诗，原本默默无闻的鹳雀楼名扬四海，最终跻身中国古代四大名楼之列。

这首诗写得明白晓畅，需要解释的知识点只有"白日"。很多人容易望文生义，以为白日是指白色的太阳。对不对呢？肯定不对。诗里说"白日依山尽"，那是太阳要落山了。太阳落山的时候是橘红色的，怎么可能是白色的呢？事实上，当时的白日不是指白色的太阳，它就是指太阳，或者是明亮的太阳。

知道了这一点，我们很容易就能把这首诗翻译出来。

太阳依着群山逐渐西沉，黄河向着大海滚滚东流。

若想要饱览千里风光，就请再登上一层高楼。

这首诗好在哪里？它对仗好，气势好，意思更好。

先看对仗好。仗本来是指古代衙门里的仪仗，左边一个，右边一个，同样的穿着打扮，同样的身份，两两相对，就叫对仗。用到诗里，就是要求每一联诗中，上下两句相同位置的词句两两相对，名词对名词，动词对动词，形容词对形容词，数量词对数量词。五言绝句，本来可以对仗，也可以不对仗。比如，王维的《相思》："红豆生南国，春来发几枝。愿君多采撷（xié），此物最相思。"就完全不对仗。

但是这首《登鹳雀楼》不一样，它的两联诗都对仗，而且对得特别工整。

第一联，"白日依山尽，黄河入海流"。"白日"对"黄河"，这是名词对名词；"依山尽"对"入海流"，这是动词词组对动词词组；再往细里说，"山"和"海"是名词两两相对，"白"和"黄"又是形容词两两相对。

第二联，"欲穷千里目，更上一层楼"。"欲穷"对"更上"，这是动词对动词；"千里目"对"一层楼"，这是名词对名词，其中"千里"对"一层"，又是数量词对数量词。

对仗是格律诗的一个重要特点，它让诗句显得特别平衡，特别整齐，而这种平衡和整齐，最符合我们中国人的审美情趣，让我们一看就觉得美。

再看气势好。 这首诗一上来，就是一幅特别大的风景。"白日依山尽，黄河入海流。"太阳渐渐地靠近连绵起伏的大山，又一点点地沉没到大山的背后。一条黄河咆哮而来，又向着远方的大海滚滚奔流。这两句诗一共十个字，但是，上边有日，下边有河；远处有海，近处有山；从天到地，从东到西，都被笼罩进来，这是何等壮阔的画面啊！可能有人会说，这不是全仗着鹳雀楼位置好吗？王之涣登楼一看，信手拈来，就写下这么一联诗。是不是这样？其实并不是。这幅画卷绝不是看出来的，而是想出来的。为什么呢？因为站在山西，眼睛再好，也是不可能看见大海的。

事实上，在古代鹳雀楼的位置上，别说看不到海，就连黄河东流也看不到。因为黄河是一个"几"字形，而永济在"几"字形大拐弯右边，也就是说，在鹳雀楼看到的黄河是从北往南流的。

看海不行，看山总可以吧？其实也不行。北宋大科学家沈括在《梦溪笔谈》中写过："河中府鹳雀楼三层，前瞻中条，下瞰大河。"站在鹳雀楼上能看到的山是中条山，但中条山并不在鹳雀楼的西边，而是在鹳雀楼的东南方向，也就是说，夕阳西下的时候，王之涣是看不到"白日依山尽"的！既然如此，王之涣为什么要这样写呢？因为他心里有这一番胜景呀。

根据史书记载，王之涣是个慷慨有大略的人，内心非常豪迈。他登上鹳雀楼，极目远眺，眼睛里看到的是高山耸立，大河奔流，而心里升腾起来的是一幅比这更大的画面。这画面铺天盖地，把从东到西、从山到海的千里江山全都容纳了进去，这就是"白日依山尽，黄河入海流"。它既是实写，也是虚构，而且虽然有虚构的成分，但是给人的感觉又是那么真实，这就是中国文化的韵味了。中国诗也好，中国画也好，不讲究形似，而讲究神似。只要神韵到了，气势到了，我们就相信它是真的，因为这是艺术的真实。

最后看意思好。 眼前的风景太好了，让人怎么看都看不够，怎样才能看到更大的场面呢？这时候，一个念头自然而然就出现了，只有站得高才能看得远呀，为什么不再上一层楼呢？所以下两句也就顺理成章了，"欲穷千里目，更上一层楼"。

这一联诗从表面上看不过是写登楼，但是往深里想，它背后的意思又是那么丰富。这"千里"和"一层"一定是真的吗？有人特别实在，还据此推测说，当年的鹳雀楼一共三层，王之涣写诗的时候是在第二层，心里还想着要往第三层去。这样想未免太迂腐了。其实，"千里"也罢，"一层"也罢，都是虚指。"千里"不仅仅意味着横向的距离，更意味着人生的广度；而"一层"也不仅意味着纵向的距离，它还意味着人生的高度。

这样一来，这两句诗就不仅仅是登高望远那么简单了。"欲穷千里目"，包含着多少渴望；而"更上一层楼"，又包含着多大的雄心啊。想要实现更大的梦想，就必须不断向上去追求，这是最朴素而又最深刻的道理，也就是我们经常讲的"诗言志"。可是，这志向又和风景衔接得那么紧密，那么浑然天成，让人一点儿都不觉得生硬。它把高瞻远瞩的议论化成了诗意，让大道理变得无比鲜活。也正因如此，这两句诗才成为传诵千古的名句，小到个人，大到国家，全都可以使用，全都可以获得力量。

中国有四大名楼的说法。这四大名楼，是指山西永济的鹳雀楼、江西南昌的滕王阁、湖北武汉的黄鹤楼和湖南岳阳的岳阳楼。它们成为名楼，不仅因为名胜，更因为名诗。鹳雀楼有"白日依山尽，黄河入海流"，滕王阁有"落霞与孤鹜齐飞，秋水共长天一色"（王勃《滕王阁序》），黄鹤楼有"昔人已乘黄鹤去，此地空余黄鹤楼"（崔颢《黄鹤楼》），岳阳楼有"昔闻洞庭水，今上岳阳楼"（杜甫《登岳阳楼》）。这些诗全都是唐诗，而且是最美的唐诗。唐朝是如此富有诗意，以至于有学者干脆管它叫"诗唐"。

王之涣正属于这个伟大的时代。他生活的年代，是从武则天到唐玄宗时期，这个时代在历史上号称盛唐。可以说，王之涣自出生以来，看到的就是国家蒸蒸日上，更上一层楼，而这样生机勃勃的时代也刺激了诗人，让他产生了千里之志，渴望更上一层楼。这种个人、国家和社会相互呼应的蓬勃精神，正是我们最喜爱的盛唐雄风，所以，我们才用这首诗来给唐朝开篇。

这首诗讲了哪些内容呢？

1. 什么是近体诗？

2. "白日"是指什么？什么叫对仗？

3. "欲穷千里目，更上一层楼"，蕴含着怎样的人生哲理？

4. 中国四大名楼是哪四楼？它们为什么能成为名楼？

《出塞二首》（其一）

　　《出塞》本来是汉乐府的曲子，在汉乐府中属于军乐，曲调自然，慷慨激昂。但是这首《出塞》，已经不是一首真正的乐府诗，而是一首七言绝句，属于近体的格律诗。也就是说，王昌龄借用了一个乐府里的老题目，采取的是格律诗的新形式，抒发的也是自己的新感情，这就是所谓的旧瓶装新酒。

　　　　秦时明月汉时关，万里长征人未还。

　　　　但使龙城飞将在，不教胡马度阴山。

　　那么，这首诗写了些什么内容呢？先看知识点。

　　第一，"秦时明月汉时关"。这一句诗，乍看之下，很多人都觉得不可理解，难道秦朝只有月亮，汉朝只有关？《三国演义》卷首词《临江仙·滚滚长江东逝水》的作者，明朝大诗人杨慎，曾经给过一个解释。

他说这句诗的意思是秦朝虽然远征，但尚未设关，敌人来了，就在明月照亮的空旷土地上打仗，敌人走了就收兵，不会超时服役；而到了汉朝，在边疆设立大量关塞，这样一来士兵被迫常年驻守边关，回家也就遥遥无期了。也就是说，明月就属于秦朝，关就属于汉朝。对不对呢？别看杨慎是个大诗人，但他这个解释并不好，显得过于拘泥了。

其实，这句诗用的是我们之前讲过的一个知识点，叫互文。和"鱼戏莲叶东，鱼戏莲叶西，鱼戏莲叶南，鱼戏莲叶北"是一个道理。所谓互文，不光是几个句子之间可以互相补充，一个句子内部的两个元素之间也可以互相补充。这句诗补充完整之后是什么意思呢？不是秦朝的明月汉朝的关，而是秦汉时的明月，秦汉时的关。

第二，"龙城飞将"。龙城飞将可不是来自龙城的飞将，而是龙城和飞将。所谓龙城，又称为龙庭，一般认为，在今天蒙古国首都乌兰巴托以西大约 470 公里的地方，是匈奴祭祀天地的场所，也是匈奴的王庭所在地。汉武帝时期，大将军卫青曾经打到过龙城，这是汉朝对抗匈奴人的第一个大胜利，所以后来就用龙城代指卫青。而"飞将"或者"飞将军"则是匈奴人对西汉将军李广的美誉，所以，飞将又用来代指李广。既然如此，龙城飞将是不是就是卫青和李广的合称呢？这样讲不算错，但是显得不够通达。我们可以把它理解成一个泛指，就是像卫青和李广那样能征善战的将军。

这首诗应该怎样翻译才正确呢？

依然是秦汉时的明月啊，依然是秦汉时的边关，出征万里的战士们至今还未回还。

只要有卫青和李广那样的好将军在，就绝不会让匈奴南下牧马度过阴山。

这首诗被后世的好多评论家认为是唐人七绝的压卷之作。它到底好在哪里呢？它抒情好，议论也好。

先看抒情。 哪里是抒情呢？"秦时明月汉时关，万里长征人未还"，就是抒情。很多人可能会有疑问，写唐朝的边塞，为什么一开篇会先说到秦汉呢？这里除了有以汉比唐的意味，更有一种深沉的历史感。此时此刻，多少戍边的将士正身处边关，仰望明月，可这明月不仅照耀着他们，也照耀过秦汉的戍卒。这边关不仅驻扎着他们，也驻扎过秦汉的征人。高高的明月和冷峻的边关，曾经见证过多少惨烈的厮杀，见证过多少生命的来去啊！一句"秦时明月汉时关"，马上，一股苍凉感扑面而来，唐朝将士的身影就被嵌（qiàn）进壮阔的历史之中了。

如果说"秦时明月汉时关"重点是写时间的辽远，那么"万里长征人未还"重点就是在写空间的广阔了。在明月之下，边关之上，哪一个征人不是离家万里，无法回还？这未还的征人，不仅仅包含当时的戍卒，还包括自秦汉以来，所有舍命沙场、埋骨边疆的将士。他们之中，有的是"万里长征人未还"，只能登上关楼，"举头望明月，低头思故乡"。还有的是"万里长征人不还"，他们已经化作关下的黄沙，再也不能回到故乡。"秦时明月汉时关"，眼中的景象是何等壮阔；"万里长征人未还"，心中的感喟又是何等深沉！这样雄壮的抒情，又怎能不令人心生感慨呢！

再看议论。 哪里是议论呢？后两句"但使龙城飞将在，不教胡马度阴山"是议论。雄关冷月的壮，万里长征的悲，都退成了背景，推出来的是最豪迈的誓言：只要有卫青和李广那样的将军在，我们就一定不让胡马踏过阴山半步！这真是铮铮铁骨，盛世强音。为什么"万里长征人未还"？是因为"不教胡马度阴山"！从秦汉开始，一代代的军人之所以抛妻别子，舍生忘死，不都是为了"不教胡马度阴山"吗？有了这"不教胡马度阴山"，所有的牺牲也就都有了意义，前面的苍凉恰恰衬托出后面的悲壮，这正是所谓的盛唐之音。

可是，仅仅看到慷慨赴死的壮志还不够。这两句诗还有弦外之音。为什么要特别提到卫青和李广呢？因为这两个人不仅仅有军功，更有仁德。当年，卫青手下的一个偏将因为突然遭遇了匈奴的主力部队，被打得措手不及，最后只身逃回。这时候，就有人给卫青出主意说，大将军自就任以来，还没杀过人，不如就斩了这个人，趁机立威。卫青勃然大怒道："立威是天子的事情。我身为大将军，怎么能为了立威而无故杀人呢？"从这件事可以看出来，卫青是一个仁爱而有操守的好人。李广就更得人心了。据史书记载，他爱兵如子。在行军过程中，只要士兵不能全部喝到水，他就不近水边；只要士兵不能全部吃上饭，他就不尝饭食。正因为他对士兵好，他活着的时候，士兵都为他拼死效力；他去世之后，士兵也都对他怀念不已。所以司马迁曾经评价李广，"桃李不言，下自成蹊"。说他用不着自我宣传，就自然受到人们的敬仰。

讲清楚这两位将军的事迹，再看"但使龙城飞将在，不教胡马度阴山"这两句，你就会理解所谓的弦外之音了。中国古代一直主张守卫边疆，在德不在险，在将不在关。如果能有像卫青、李广那样既有勇有谋，又有仁有义的好将军把守边关，敌人就不敢南下，又何苦让这么多士兵万里出征，眼望明月，不得团圆呢！这样一来，这首诗其实又包含了对当时唐朝穷兵黩（dú）武的反思，显得格外耐人寻味。

一首七言绝句，把千年的历史、万里的烽烟、将士们舍生忘死的豪情以及对明君良将的渴望融为一体，抒情浑厚而又议论幽微，这就是当之无愧的好诗。

我为什么给大家选这首诗呢？其实是想用它来代表唐朝的武功。唐朝是中国历史上武力比较强盛的一个时代，唐太宗还被各个北方少数民族首领拥戴为"天可汗"。也正是因为武力强盛，**唐朝出现了一种书写边疆风光和战斗生活的诗歌，叫边塞诗**。唐朝几乎所有重量级的诗人都写过边塞诗，但是从数量和质量双重角度排名，排在前三位的应该是王昌龄、岑参和高适。在这三人之中，王昌龄生活在唐玄宗开元天宝年间，年纪最大，写边塞诗也最早。而且，他的七言绝句写得最好，号称"七绝圣手"，所以，我就用他这首《出塞》来代表唐朝的边塞诗，也代表唐朝的尚武精神。但是，就像诗里所写的那样，尚武绝不是黩武，打仗是为了让大家更好地活着，而不是为了让将士们都葬身边关，有家难回。所以，最好的边塞诗绝不是像"城头铁鼓声犹震，匣里金刀血未干"（《出塞二首》其二）那样一味好战，而是永远怀着"秦时明月汉时关，万里长征人未还"那样的脉脉温情。

1. "龙城飞将"是指什么？

2. 卫青和李广有哪些令人敬仰的事迹？

3. 什么叫边塞诗？

《登科后》

所谓登科，就是科举考试考中了。考中为什么叫登科呢？因为唐代科举都是分科考试，有进士科、明经科，还有明法科、明书科、明算科等等。所谓登科，就是这一科考中了。

《登科后》这首诗到底是哪一科考中了呢？一定是进士科，因为只有进士科考中才值得那么高兴。这就涉及唐代科举考试的一些知识了。

唐朝科举考试分成秀才、进士、明经、明法、明书、明算六科。在这里面，因为秀才标准太高，所以根本没人敢报名，后来就取消不考了。明书、明法、明算都是专门的技术，相当于现在的职业技术考试，在当时不受人重视。剩下的就是进士和明经两科，是当时科举考试的主流。在这两科之中，进士主要考写文章，特别是写诗，而明经主要考经典背诵。背诵和写作哪个更难？当然是写作更难，所以进士科也比明经科难考得多，当时甚至有"三十老明经，五十少进士"的说法。

唐朝平均每年录取进士二三十人，难度比今天考"985""211"要大得多。不过，也正因为考试难度大，所以回报也高。当时称进士为"一品白衫"，什么意思呢？虽然你此刻还是个老百姓，无官无职，但是日后一定会做到一品官。进士科前途这么好，所以全社会都很重视。重视到什么程度呢？唐朝一系列最重要的品牌活动都跟进士科有关系。比如雁塔题名，就是新科进士都把自己的大名刻在大雁塔上，昭告天下。还有曲江会，就是考试放榜后，新科进士都到曲江参加大型宴会，等等。每次举行这些活动的时候，整个长安城万人空巷，倾巢出动。有些富贵人家还要借机给自家小姐选女婿，金榜题名连着洞房花烛，这是多美的事啊。全社会都这么重视，读书人自己怎么可能不重视呢？所以，每年科举考试放榜之后，名落孙山的垂头丧气，金榜题名的扬扬得意，这是人生常态。而把这种扬扬得意的感觉写得最好的，就是孟郊的这首《登科后》。

昔日龌龊（wò chuò）不足夸，今朝放荡思无涯。

春风得意马蹄疾，一日看尽长安花。

先看知识点。

第一，"龌龊"和"放荡"。如今这两个词都是贬义词。什么叫龌龊？今天基本上指肮脏或者思想肮脏，比如我们可以说这个地方很龌龊，也可以说这个人思想很龌龊。但是请注意，"龌龊"这两个字都有一个"齿"字旁，本意是牙挨得太近，引申出来，就是格局小，不大气。所以，在这首诗里，龌龊并不是肮脏，而是气量小、格局小、眼界小。再看放荡。我们今天说放荡，基本上是指行为不检点，轻佻。但是在古代，放荡还指不受约束，放飞自我。这首诗用的就是这个含义。

第二，"一日看尽长安花"。有人会说，这有什么疑问，不就是一天之内把长安城的花都看遍了吗？意思是没错，但这背后还隐含着唐朝一项跟科举考试直接相关的重大活动，叫杏园探花。怎么回事呢？我们刚刚讲过，科举考试之后要有一系列活动，除了前面提到的雁塔题名和曲江会之外，还有一项，就是杏园探花。这个活动最有趣，就是进士放榜之后，都到长安城的杏园聚会，在所有进士之中选出两个最为年轻英俊的，号称探花使，让他们跨上高头大马，策马飞驰，遍游长安名园。所到之处，还要采折名贵花卉，最后带着花儿返回杏园。这两个人之外的其他进士也并不是在杏园坐等，他们会比两位探花使稍稍晚点儿出发，也是到处折花，如果谁能比探花使折回的花还漂亮，那探花使就得受罚。总之是一种集体狂欢，最后的结局一定是大醉而归，这才是诗中所说的"一日看尽长安花"。

知道了这些知识，再看这首诗怎么翻译。

往昔那局促困顿的日子不值一夸，今天终于可以放飞自我，思接天涯。

我迎着浩荡的春风策马飞驰，一天之内看遍了长安城的异草名花。

这首诗好在哪儿呢？它有两个好处：第一，爽朗中有精致；第二，昂扬中有含蓄。

先说爽朗中有精致。哪里爽朗？第一、二句的对比最爽朗。昔日如何，今朝如何，两种截然不同的生活状态和精神状态跃然纸上。诗题不是《登科后》吗？这两句诗就告诉你，登科这件事有多厉害。没登科的时候，是"昔日龌龊不足夸"。整天只有念书这一件事，每天都在担心考不上怎么办，既不敢玩，也不敢乐，更不敢畅想未来。总之，全部人生似乎就剩下考试这一件事，这格局多么狭小啊！自己都看不上自己，这就叫"昔日龌龊不足夸"。

可是一旦登科，马上变成了"今朝放荡思无涯"，这才是扬眉吐气。也敢说了，也敢笑了，也敢放飞自我了，好比一只小鸟飞出了笼子，看天那么宽，看地那么广，看什么都那么美，看自己更美，这才是"今朝放荡思无涯"。这么强烈而直白的对比，就好比把一个弹簧压到了极限，再一下子让它反弹起来，连我们看了，都替他觉得痛快，这就是爽朗。

可是只有爽朗还不够，这两句诗还有精致之处。精致在哪里呢？在用"龌龊"来对"放荡"。龌龊是什么词？是叠韵词，就是两个词的韵母一样。放荡是什么词？也是叠韵词。叠韵词对叠韵词，有一种特别的音韵美，用到这句诗里，让人觉得粗中有细，爽朗中有精致。

再看昂扬中有含蓄。 哪里昂扬？第三、四句最昂扬。"春风得意马蹄疾，一日看尽长安花"。这是多么志得意满的感觉啊。诗人能够如此志得意满，除了扬眉吐气的好心情之外，也有好天气的加持。唐朝的进士科考试是在秋天，但是放榜要到第二年春天。进士们放榜的时候，也正是春风浩荡，百花争艳的时候。本来就"人逢喜事精神爽"，再加上春风暖、春花开、春衫薄，人会觉得从里到外都那么美满，仿佛天地万物都来给自己凑趣，这心情该是何等昂扬啊。而这时候，又有那么带劲儿的活动——杏园探花。一个个新科进士策马扬鞭，跑一路的春风，探一路的春花，听一路的赞叹，这时再内向的人也会外向起来，再老成的人也会轻狂起来，觉得长安就在自己手中，春天就在自己手中，未来就在自己手中。这就是"春风得意马蹄疾，一日看尽长安花"。这两句诗，写得多么轻快俏丽，神采飞扬啊！正因如此，后来人就把它精炼成两个成语，一个叫"**春风得意**"，一个叫"**走马看花**"，也叫"**走马观花**"。当然，现在我们说的"走马观花"，往往指的是粗略地看一下。但是，它最早是用来形容愉快的心情的，就出自这句"春风得意马蹄疾，一日看尽长安花"。

这两句诗的昂扬很容易体会，含蓄又在哪儿呢？含蓄在"春风得意"。这春风指什么？它既是指自然界的春风，又是指让诗人大展宏图的政治气候。我们现在经常说改革的春风，在当时，就可以说科举的春风，朝廷发掘人才的春风。那得意又是什么呢？得意既是登科的喜悦，也是展望前程时的踌躇满志。表面上看，诗人是在春风之中策马疾驰；实际上它又是说，诗人在一个美好的大时代奔向美好的未来。这种情调，诗人并没有老老实实地说出来，但是我们都感觉到了，这就是昂扬与含蓄的结合，让我们在感受得意之外，还有回味。

最后再说说作者孟郊吧。孟郊其实不是一位春风得意的诗人，家里没什么背景，也不是学霸，连续参加过两次科举考试都没有过，自己都灰心丧气了，但是，他的老母亲却不放弃，坚持让他考第三次。这一年，他已经45岁了。老天有眼，这次一举高中。多少年的辛苦、多少年的委屈一朝（zhāo）雪洗，他怎么会不欣喜若狂呢？

我们都知道，孟郊写诗以"苦寒"著称，后人总结为"郊寒岛瘦"，但是这首诗却既不苦也不寒，而是春风得意，所以很多人说，这是孟郊平生唯一一首快诗。也正因为这次登科，他才被授予溧阳县尉。上任后，他赶紧把老母亲接过去奉养，这才有了我们大家都熟悉的《游子吟》。

我为什么选这首诗呢？如果说，上一首《出塞》是表现大唐的武功，那么，这首《登科后》就是表现大唐的文治。大名鼎鼎的科举制度就是从隋唐时期开始出现的。因为有科举制，普通人家的子弟可以凭本事当官，朝廷可以选拔出高素质的人才，整个社会也才会流动起来，人们也才会有希望，有盼头。事实上，不仅唐朝，可以说整个中国古代社会的公平和活力都建立在科举制的基础之上，有了这么了不起的制度，才催生了这么快乐的诗。

这首诗讲了哪些内容呢？

1. 唐朝的科举制度是怎样的？
2. "龌龊"和"放荡"两个词，古今意思有什么不一样？
3. "一日看尽长安花"是什么意思？
4. 孟郊是一位怎样的诗人？

《送元二使安西》

先看诗题《送元二使安西》。元二，是指姓元，排行第二的人，而安西，是指安西都护府。这是唐朝管理西域的一个军政机构，治所在龟兹（qiū cí），也就是今天新疆的库车。王维写这首诗是在唐玄宗天宝年间，当时，安西都护府的管辖范围是天山以南直至葱岭以西，也就是说，跨越了今天的帕米尔高原，一直到中亚的阿姆河流域。唐朝在这里设安西四镇，驻兵防守，实施有效管辖。既然是有效管辖，当然就会和朝廷存在着方方面面的联系，这位元二，就是受朝廷委派，到安西都护府执行公务的官员。而王维当时也在朝廷做官，和元二应该是同僚兼朋友的关系，所以才有了这首《送元二使安西》。

这个题目一出来，盛唐气象也就出来了。因为元二出使安西这条路，就是大名鼎鼎的"丝绸之路"。古代交通何等不便，一般人生活范围极小。可是唐朝疆域广大，所以公务员元二才能从今天的陕西西安一直走到新疆库车，走出三千多公里。想想看，这是何等雄壮的旅行啊。这样

的旅行，国土小做不到，治安乱也做不到，人没有豪情，还做不到。只有大唐盛世，才能支撑起这样雄壮的旅行，才能写出《送元二使安西》。

> 渭城朝雨浥（yì）轻尘，客舍青青柳色新。
> 劝君更尽一杯酒，西出阳关无故人。

先看几个知识点。

首先是两个地理名词。第一，"渭城"。所谓渭城，其实就是秦朝的都城咸阳所在地，汉朝时改为渭城，在长安的西边。唐朝人从长安往西走，渭城是必经之地。正因如此，渭城在古代也是著名的送别之地，那里还有个名胜叫咸阳桥。比如，杜甫的《兵车行》里讲，"耶（yé）娘妻子走相送，尘埃不见咸阳桥"。就是在这儿给战士送行的。渭城距离长安大约有六十里，在古代，这是整整一天的路程。王维送元二一直送出六十里，这是不浅的情分。

第二，"阳关"。阳关在哪里？在敦煌的西南边。当年，汉武帝开通"丝绸之路"，在敦煌以西设立两座关，北边的叫玉门关，是从北道出西域的必经之路；南边的后设，因为在玉门关以南，而古代山南水北为阳，所以叫阳关，是从南道出西域的必经之路。在古代，玉门关也罢，阳关也罢，都是重要的地理标志，出了这两座关，就算离开中原内地了。所以王之涣才说"春风不度玉门关"（《凉州词》），王维也会说"西出阳关无故人"。

其次是一个动词——"浥"。浥是三点水旁，跟水相关，意思是湿润。

知道了这些知识点，这首诗怎么翻译呢？

　　早晨醒来，一场春雨打湿了渭城，洗净了轻尘，驿站周围柳条青青，显得格外清新。

　　老朋友你就干了这杯送行酒吧，等你西出阳关，眼前可就再没有故人了。

　　这首诗有两个地方值得称道：第一，景中含情；第二，悲中有壮。

　　先说景中含情。"渭城朝雨浥轻尘，客舍青青柳色新。"这两句诗写景真美，美得像画一样。这一天的清晨，渭城下了一场雨。雨不大，只打湿了地皮。可是，就因为这场小雨，一切都不一样了。要知道，渭城的驿站正在西出长安的大道上，平时车马簇簇，自然尘土飞扬，可是这一场小雨落下，浮土飞不起来了，空气好像被洗过一样，特别透明。这是一个多明媚的大环境啊。

　　第一句写渭城的大环境，第二句就落到了驿站这个小环境上。春雨洗过，驿站客舍的颜色加深了一点儿，周围垂柳的枝条也洗去了浮尘，显得焕然一新。这就是"渭城朝雨浥轻尘，客舍青青柳色新"。闭上眼睛想象一下，清朗的天空、洁净的道路、青青的客舍、绿得透亮的柳丝，是不是一幅色调特别清新的风景画？我们甚至好像都能闻到空气中泥土和青草的味道。王维本来就是画家，苏东坡说他"诗中有画"，这两句虽不典型，但也颇有画意。

　　我们说景中有情，情在哪儿呢？在"柳色新"这三个字上。王维这幅画可不是平均分配笔墨，它最后的落脚点是"柳色新"。为什么要落在"柳色新"上面？因为柳树不是一般的树，它在中国文化中有特别的意义，是中国的送别树。柳的谐音是留，代表着送行之人依依惜别的心情。这是一层意思。另外，还有一层意思，人离开家乡，不就像枝条离开树干一样吗？"在家千日好，出门处处难"（《增广贤文》）。旅途之中，总会遇到很多困难吧？而柳树是最好活的树，它的枝条可以随插随活，所以，就用它来送给远行的人，祝愿他像柳条一样，随遇而安，四海为家。有这么多意思在，柳条就成了古人送别的代名词。所以，这首诗写出了"柳色新"，也就牵出了像柳丝一样又柔又长的情丝，这情丝隐藏在柳丝背后，牵着元二的马，牵着诗人的心，也牵着我们的感情。这就是景中含情。

再看悲中有壮。悲在哪里呢？看第三、四句，"劝君更尽一杯酒，西出阳关无故人"。诗人端起一杯酒，递给即将离开的朋友，说："你就再干了这杯酒吧，西出阳关，可就再见不到老朋友了！"这"西出阳关无故人"悲凉不悲凉？当然悲凉。从长安到阳关，有一千多公里，从阳关到安西，还有一千多公里。西出阳关，就已经没有故人了，那阳关再往西呢？就更是绝壁大漠，荒无人烟了！此时还是执子之手，此后却要千里独行，一暖一冷，这是多么大的反差！临别之际，怎能不让人悲从中来呢？

那为什么又说它悲中有壮呢？壮在"劝君更尽一杯酒"的"尽"字上。大家注意，这个"尽"是"穷尽"的尽，而不是"进步"的进。为什么必须是穷尽的尽？因为这个"尽"字意味着干杯，一饮而尽。而进步的"进"呢？意味着进食，也就是再喝一口。肩负着朝廷的使命，面对着漫漫征途，王维是劝元二干了这杯酒，还是再喝一口酒？当然是干了这杯酒。只有干了这杯酒，才是两条好汉之间的告别，虽然依依不舍，却也绝不拖泥带水。前路漫漫，重任在肩，从此各自珍重，后会有期了！

我一直觉得，这句诗特别有镜头感。像 1986 年版电视剧《西游记》里，唐僧从长安出发，唐太宗给他送行的那一刻。当时，唐太宗不是捏了一点儿土，撒在酒杯里，递给唐僧吗？唐僧说，贫僧不饮酒。唐太宗告诉他，这杯酒你必须喝，宁恋本乡一捻（niē）土，莫爱他乡万两金呀！唐僧听了之后不再推辞，端起酒杯，一饮而尽，纵马西去。同样，在王维说出"劝君更尽一杯酒，西出阳关无故人"之后，元二也一定会一饮而尽，纵马西去。它不是一般的歧路沾巾，黯然销魂，而是仗剑去国，大道如天。这就是既悲且壮的盛唐之音。

这首《送元二使安西》在唐诗之中属于送别诗。唐朝的诗人到处做官，到处旅行，送别诗写得特别多，也特别好。像我们熟悉的王勃的《送杜少府之任蜀州》、李白的《黄鹤楼送孟浩然之广陵》等，都非常有名。但是，在所有的送别诗中，这首《送元二使安西》流传最广。有人可能会觉得，这个"最"字，说得太绝对了吧。其实一点儿也不绝对。因为其他的送别诗，都只能看，只能吟诵。而这首诗写成之后，很快就谱了曲，编入乐府，成了离别宴会的标配，不仅在诗人之中传颂，也在歌伎舞女口中传唱，从唐朝一直唱到了宋朝。宋朝之后，原来的曲子丢了，但是明朝人又对这首诗进行了再创造，重新编词谱曲，成为一首琴歌。现在作为十大古琴曲之一的《阳关三叠》，就是根据明朝的琴歌改编而来的。所以，这首诗的别名又叫《渭城曲》也叫《阳关三叠》，从唐朝一直传唱到了今天。

我为什么要选这首诗呢？一方面，我想用它来代表丝绸之路，代表唐朝人意气风发、勇闯天涯的精神，代表我们由衷赞赏的盛唐气象；另一方面，我也想用它来代表送别诗，代表唐代送别诗既含蓄又明朗的深情。

🔄 这首诗讲了哪些内容呢？ 🔄

1. 渭城、阳关具体指哪里？

2. 柳树在中国文化中有什么特别的意义？

3. 你也试着写一写"景中含情"的句子吧。

4. 在送别诗中，为什么这首诗流传最广？

《过故人庄》

故人具鸡黍（shǔ），邀我至田家。

绿树村边合，青山郭外斜。

开轩面场圃（pǔ），把酒话桑麻。

待到重阳日，还来就菊花。

先说诗体。《过故人庄》是一首五言律诗。五言律诗又叫五律，属于近体诗。全篇共八句，每句五个字，一共四十个字。按照格律诗的要求，中间的两联诗，也就是三、四句（颔联）和五、六句（颈联）需要对仗。

再说诗题。《过故人庄》中"过"是拜访的意思。"过故人庄"，也就是拜访老朋友的田庄。当时，孟浩然在湖北襄（xiāng）阳的鹿门山隐居，这位故人，应该就是襄阳当地人。在历史上没什么名气，但是在孟浩然的心中自有其地位。这样的题目很亲民，像是现在小学生经常练习的作文题目，如《记一个愉快的周末》。

先看几个知识点。

第一，"青山郭外斜"的"斜"，这个字现在读 xié，不过，在《平水韵》中，它属于下平"六麻"部，和"家""麻""花"押韵，所以为了押韵，可以读成 xiá。

第二，"还来就菊花"的"还"，这个字在字典里有两个读音，一个是 hái，是副词，意思是还要，仍旧。另一个读音是 huán，是动词，意思是回来，再来。在这句诗里，究竟是还要来看菊花，还是再回来看菊花呢？通篇看下来你就会发现，还是理解为再回来看菊花比较好，所以读 huán 更合适。

第三，"还来就菊花"的"就"，在这里不是连词，而是动词，意思是接近，亲近。

明白了这些知识点，这首诗怎么翻译呢？

老朋友预备了鸡和黄米饭，邀请我去看看他的家。

绿树围绕着小小的村庄，村外横卧着青青的山崖。

我们推开窗户看着谷场和菜园，又手举酒杯闲谈起地里的庄稼。

等到九九重阳节的时候，我一定会再回来跟你一起笑对菊花。

这首诗貌似平淡，却自有一种悠闲恬淡的田园风范，值得细细品味。它好在哪里呢？

先看起承转合好。 说到起承转合，就涉及律诗的基本写法了。格律诗自有套路，这个套路就是起承转合。律诗一共八句，每两句是一联，因此就是四联。这四联又有专门的叫法。第一联叫首联，第二联叫颔（下巴）联，第三联叫颈（脖子）联，第四联叫尾联。这四联诗跟起、承、转、合相配合，就是首联起、颔联承、颈联转、尾联合。起、承、转、合到底怎么用呢？借这首诗分析一下，大家就明白了。

先说起。首联是起，也就是开头，讲写诗的缘故。这首《过故人庄》，写诗的缘故是什么？是"故人具鸡黍，邀我至田家"。我到这个农庄，不是临时路过，而是老朋友请我过来的。这就是我来故人庄的缘故，也是我写这首诗的缘故。这个写法看起来普普通通，但是给后面留了不少的余地，是个不错的开头。

再看承。颔联是承，承就是承接，也就是顺着写。既然是"过故人庄"，自然要接着写一写这村庄的样子。所以，接下来是"绿树村边合，青山郭外斜。"律诗的第三、四句要对仗，这一联对仗多工整！"绿树"对"青山"，"村边"对"郭外"，"合"对"斜"，上下句相同位置一一对应。绿树就像篱笆一样，环绕着小村子，让小村自成一统，别有天地。这是眼前的近景。再往远处看，一座青山就横卧在小村背后，仿佛一道天然屏障，让小村有了厚实的依托。这景色平平常常吧？不像《桃花源记》那样，"芳草鲜美，落英缤纷"，它没有那种神仙气。可是，也正因为它平常，才显得真实，它就是唐朝的农村，实实在在，却又透着富足和踏实。

然后看转。颈联是转，所谓转就是转折。既然题目是《过故人庄》，光写"庄"肯定不行，总要转到"故人"身上。怎么转呢？"开轩面场圃，把酒话桑麻"。按照律诗的规矩，颈联也需要工工整整地对仗。所以，诗人用"开轩"对"把酒"，"面"对"话"，"场圃"对"桑麻"。可能有人会疑惑，这里也没有"故人"啊！怎么会没有呢？"开轩"是开窗户，谁开的窗户？当然是"故人"；"把酒"是端起酒杯，谁端起酒杯？当然也是"故人"。所以，这一联诗，是从静态描写转到动态描写，也是从景转到了人，老朋友殷勤地招待，诗人多么开心啊！这才是这首诗的重点。

转完该合了。尾联是合，也就是收尾，一般用来升华主题。这首诗怎样收尾呢？"待到重阳日，还来就菊花"。你看，这一次做客还没有走，就早早地又把下次见面的日子约下了。诗人对这次做客毫无疑问是满意的。如果我们真把这首诗的题目改成《记一个愉快的周末》，那么，"还来就菊花"无疑就是对"愉快"最好的注解。这样一联诗，虽然没有抒情，也没有议论，但是我们都感受到了诗人发自内心的轻松愉快，这就叫一切尽在不言中。收尾含蓄而又深情，是一个特别好的"合"。

我为什么要借这首诗来讲起承转合呢？是想给大家一点儿启发。如今我们写文章和古人写律诗是一样的道理，如果把起承转合处理好了，思路就清晰了，结构也清楚了，就容易写出一篇好文章来。

再看写什么像什么。 文学作品很容易犯**千人一面**的错误。比如好多古装戏，无论是丫头还是小姐，士兵还是将军，说话都一个腔调，文绉绉的，特别不真实。但是，这首《过故人庄》不一样，它是一首田园诗，诗里就真有田园范儿。什么叫田园范儿呢？看首联就能找到感觉。"故人具鸡黍，邀我至田家"，老朋友准备了鸡和小米饭，邀请我到他家的田庄坐坐。这一个"鸡黍"，就活脱脱地把田园风情写出来了。"黍"就是自家种的黄米。菜呢？就是现杀的一只老母鸡，这可是典型的乡村美食。

陶渊明的《桃花源记》里，主人看见外来的打鱼人，不也是赶紧"设酒杀鸡做食"吗？为什么一定是杀鸡呢？因为鸡是小家禽，公鸡能打鸣，母鸡能生蛋，一般农家，总会散养着十几只鸡。平时自己舍不得吃，但是来了客人，杀一只鸡，就是一道挺像样的菜。这样的招待，诚意是有的，可也没那么夸张，绝不像李白所写的那样，"烹羊宰牛且为乐，会须一饮三百杯"（《将进酒》）。

普通农家，就是这么一个生活状态，不可能那么豪奢。所以，我们一看见"故人具鸡黍，邀我至田家"，自然就会觉得一股田园风情扑面而来，这就叫写什么像什么。正因为他写得太像了，所以，南宋的陆游才跟着写"莫笑农家腊酒浑，丰年留客足鸡豚（tún）"（《游山西村》）。这也是传承。

最后看炼字精妙。 我们现在说古人炼字，往往会讲"推敲"的故事，讲贾岛那句"鸟宿池边树，僧敲月下门"（《题李凝幽居》）。其实，但凡好诗人，都讲究炼字。一个字用好了，整首诗都有光彩。这首《过故人庄》，哪个字用得最好？首推"还来就菊花"的"就"字。诗人为什么不写赏菊花、醉菊花，而单单要写"就菊花"呢？这里就涉及菊花的意象了。对中国人来说，菊花不仅仅是重阳节的当令花卉，它还是高洁的隐居君子。当年，陶渊明在《饮酒》里写下名句"采菊东篱下，悠然见南山"，从此之后，菊花就跟陶渊明一样，成了隐士的象征。既然是隐士，是君子，那怎么能赏，能醉呢？那不是亵渎（xiè dú）菊花吗？这样一来，你就会发现，这个"就"字用得太好了，它的意思是亲近，这亲近可不是把玩，而是君子之间的惺（xīng）惺相惜。

孟浩然是一位隐士，而且是唐朝鼎鼎有名的隐士。连李白都对他崇拜得不得了，曾经写下"吾爱孟夫子，风流天下闻"（《赠孟浩然》）的名句。既然如此，他当然有着跟陶渊明一样的精神追求，也有和陶渊明一样欣赏菊花的傲岸风骨。所以，他才要跟老朋友相约"待到重阳日，还来就菊花"。这一个"就"字，不露痕迹地把诗人的高洁风骨写出来了，这就是炼字的好处。

我为什么要选这首诗呢？其实是想用它来代表唐朝富足的物质生活和温厚的人情。我们都说唐朝是盛世，怎样才叫盛世？老百姓都能吃上饭就是一个重要标准。唐朝鼎盛的时候，人均粮食占有量达到七百斤，这在整个中国古代都是最高水平，这才能支撑起这首诗的头一句"故人具鸡黍"。可是，光有物质富足还不能叫盛世，一个真正的盛世，人和人之间的关系也一定是和谐的，大家都是朋友，也都愿意交朋友，这就是"邀我至田家"。这两方面都有了，才真是一个家给（jǐ）人足的好时代，是值得我们悠然神往的盛唐。

〜 这首诗讲了哪些内容呢？ 〜

1. 五言律诗有哪些基本规律？
2. 你理解起承转合的写作手法了吗？
3. 菊花的意象是什么？
4. 什么叫炼字？炼字有什么好处？

《早发白帝城》

朝辞白帝彩云间，千里江陵一日还。

两岸猿声啼不住，轻舟已过万重山。

讲到这首诗，终于来到了向"诗仙"李白致敬的时刻。不过，别急着致敬，还是先看知识点。

这首诗的知识点只有两个地名。第一，"白帝"。所谓白帝就是白帝城，高踞在重庆奉节的白帝山上，是两汉之间割据四川的土皇帝公孙述修造的堡垒。为什么叫白帝城呢？因为当年这座城里有一口古井，经常冒出白气，公孙述认为这是"白龙献瑞"，于是自称"白帝"，这座城也就叫成了白帝城。三国时，刘备白帝城托孤，把蜀国的未来交给诸葛亮，就是在这里。这座城扼守三峡的西口，从这里开始，就进入奔腾咆哮的长江三峡了。

第二，"江陵"。江陵是今天湖北的荆州。在古代，这里是长江流域

仅次于南京的政治经济中心，也是重要的交通枢纽，大体相当于今天武汉的地位。从地理位置的角度来讲，白帝城在长江上游，江陵在长江中游，两地之间大约相隔一千二百里。

明白了这两个知识点，这首诗怎么翻译呢？

清晨出发，那白帝城仿佛缭绕在彩云之间，千里之外的江陵，我一日之内就已回还。

耳畔只听得长江两岸猿声啼叫不止，轻快的小船早已飞过了万重青山。

人们对这首诗历来赞誉有加，它到底好在哪里呢？我觉得，有三大好处：第一，美；第二，快；第三，俊。

先看美。 美在哪里呢？ **颜色美。** 说到颜色搭配，一个非常著名的案例就是"两个黄鹂鸣翠柳"（杜甫《绝句四首》其三），一黄一绿，明媚得不得了。"两个黄鹂鸣翠柳"是两种颜色。"朝辞白帝彩云间"是几种颜色？可能有人会说，也是两种颜色，一个是白，一个是彩。注意，彩可不是一种颜色，赤、橙、黄、绿、青、蓝、紫加在一起才叫彩色。所以这一句，其实包含着好多颜色。清晨的白帝城笼罩在一片霞光之中，李白就从这七彩云霞中出发，让人一想，就觉得美不胜收。这也是李白写诗的一个重要特点，他无论写什么，都特别华美，有贵族气。

再看快。 什么快呢？首先是 **速度快。** 全诗几乎句句都在表现速度，"朝辞白帝彩云间"，"彩云间"意味着什么？意味着山高，山高才能云雾缭绕。与此同时，山高也意味着落差大，而落差一大，船自然走得快。所以这一句"朝辞白帝彩云间"，虽然没有写快，但是快的势头已经在那里酝酿着了。

第二句，"千里江陵一日还"，就是正面写快了。用"千里"来对"一日"，也就是用一个很远的空间概念来对一个很短的时间概念。日行千里，这是何等不可思议的速度啊！

那么，第三句"两岸猿声啼不住"，写没写快呢？很多人会觉得没有。仔细想想，其实"啼不住"就意味着快。大家知道，猿在山里活动，一定是这片山头一群，那片山头一群；一会儿这群叫，一会儿那群叫，声音也必定是断断续续的。可是，因为船走得太快了，所以，就好像按了快进键一样，本来不连贯的声音都连成一片了，这才是"两岸猿声啼不住"。这不也是侧面写快吗？

最后一句"轻舟已过万重山"，又是正面写快了。日行千里路，舟过万重山，数字对比如此夸张，不就是为了突出一个"快"字吗？这就是从三峡顺流而下的感受，速度快。

但仅仅是速度快还不够，更重要的是第二个"快"，心情快乐。怎么表现出来的呢？我们只看两个字就够了。第一个字，"千里江陵一日还"的"还"字。这次远行，不是去流放，而是把家还，这不就是杜甫所说的"白日放歌须纵酒，青春作伴好还乡"（《闻官军收河南河北》）吗？这是何等快乐呀。第二个字，"轻舟已过万重山"的"轻"字。轻的不仅是小船，更是诗人的心情啊，轻快的船载着轻松的人，在万水千山之间顺流直下，这又是多么快乐！这就是我们说的第二个好处——"快"，以船速快捷来衬托心情快乐。

最后看俊。什么叫俊？俊就是英气逼人。**这首诗，诗俊，人更俊。**

先说诗俊。李白这首《早发白帝城》，其实有个蓝本，这个蓝本就是魏晋南北朝时期的一本名著，叫《荆州记》。其中有一段和李白这首诗直接相关："有时朝发白帝，暮到江陵，其间千二百里，虽乘奔御风，不以疾也。"这不就是"朝辞白帝彩云间，千里江陵一日还"吗？可是你看，本来平平常常的文字让李白一改造，变得多么明朗！《荆州记》又说："故渔者歌曰：'巴东三峡巫峡长，猿鸣三声泪沾裳。'"这不就是"两岸猿声啼不住，轻舟已过万重山"吗？本来，在《荆州记》中，猿鸣之声是多么哀婉，可是李白一按下快进键，我们立刻不觉得哀婉了，因为船走得太快了，哀伤也就不必细细品味了，于是，哀伤也就被欢乐压倒了。这两句诗看似只是写景，但是，景色背后，诗人历尽艰险、进入坦途的快慰也让人一览无余。所以后来，人们也往往用这两句诗来表达那种苦尽甘来、一往无前的人生经验。这是诗俊。

再看人俊。李白这首诗是在什么情况下写的？很多人都以为，这一定是李白年轻时候的作品，要不怎么会那么轻松、那么得意呢？可事实恰恰相反。这首诗，是李白在 58 岁的时候写下的，那个时候，唐朝正经历着一场大叛乱，李白的人生也正遭受着一次大挫折。大家都知道，唐朝有一个著名的皇帝，庙号叫玄宗。唐玄宗早年励精图治，文治武功都有过人之处。他最初的年号叫开元，所以，人们就把那个时期称作"开元盛世"。但是，开元之后，唐玄宗老了，不愿意工作了，在宫里宠幸杨贵妃，在朝廷信任李林甫、杨国忠等柔佞（nìng）贪婪的宰相；在边疆，又把军政大权交给了一些不怎么可靠的胡人将军。这些事情凑到一起，就激起一场大祸。当时，有一个负责保卫东北地区的将军安禄（lù）山，从今天的北京起兵造反，一路打到了长安，这就是中国历史上著名的"安史之乱"。

"安史之乱"爆发了，怎么办呢？唐玄宗赶紧往西逃跑，但是，在逃跑的过程中，他又下了一道诏令，让所有在外地的儿子都自行组织抵抗。其中，他的一个儿子永王李璘（lín）就在江陵拉起了一支军队，声称要讨伐叛军。讨伐叛军不仅需要打仗，也需要政治宣传，需要文人。当时大文豪李白正在庐山隐居，李璘就三番五次地邀请他参加自己的军队。李白头脑简单，觉得这既是实现自己政治抱负的机会，又是给国家效力，就接受了，还给李璘写了不少赞美诗。没想到，永王是个野心家，他不去打安禄山，反倒要割据江东，分裂国家。这不是叛乱吗？这时候，唐玄宗已经把皇位传给了儿子唐肃宗。唐肃宗派人讨伐这个不争气的弟弟，结果永王李璘兵败被杀，李白也被抓了起来，算是协同犯罪，差一点儿被杀掉。后来还是朋友们多方营救，才改为流放夜郎。所谓夜郎，就是成语"夜郎自大"所说的那个地方，在今天的贵州桐梓，当时是个穷山恶水的鬼地方。李白当时已经 58 岁了，暮年遭难，心境也非常悲凉。可是，特别幸运，他刚刚走到白帝城，朝廷就因为遭受旱灾，宣布大赦天下，流放的人不用去了，这不是天大的喜讯吗？就是在这种情况下，李白从白帝城顺流而下，吟诵出了这首风流洒脱的《早发白帝城》。

我为什么要交代这些背景呢？其实是想说，这正是李白让人钦佩的地方。中国的文化传统相对保守，很多人都太过少年老成，年纪轻轻就特别沉闷。但李白不一样，他永远像个少年。人生最得意的时候，他能够"天子呼来不上船，自称臣是酒中仙"（杜甫《饮中八仙歌》）。人生最落魄的时候，他仍然能够"朝辞白帝彩云间，千里江陵一日还"。他心里永远有七彩云霞，他永远相信未来，这不也是"老骥伏枥，志在千里，烈士暮年，壮心不已"（曹操《步出夏门行·龟虽寿》）吗？只不过曹操说得雄壮，李白说得飘逸罢了。能够飘起来的人，我们管他叫神仙。所以，我们心甘情愿地相信，李白就是"诗仙"。

🎐 这首诗讲了哪些内容呢？ 🎐

1. "白帝"和"江陵"分别是指哪里？

2. 为什么会发生"安史之乱"？

3. 李白在什么背景下写出了《早发白帝城》？

《春望》

欣赏完李白的飘逸，接下来自然要探讨杜甫的沉郁。在五言律诗中，最能体现杜甫这一特点的，就是《春望》。

所谓《春望》，顾名思义，就是在春天极目四望。这是一个很大众化的题目，在古代，以这样的诗题写作的人特别多，唐朝留下了好几十首《春望》，宋朝也留下了好几十首《春望》。杜甫的《春望》有什么特别之处呢？那就得先来看看时代背景了。

这首诗的写作背景跟《早发白帝城》一样，都是在"安史之乱"时期。755 年，"安史之乱"爆发，叛军从范阳（今北京西南涿州一带）一路向西杀将过来，唐玄宗带着爱妃杨贵妃、太子李亨等少数亲信仓促西逃。逃到马嵬（wéi）坡的时候，随行士兵发动兵变，杀死了杨贵妃。这就是历史上著名的"马嵬之变"。

"马嵬之变"后，唐玄宗和太子就分道扬镳（biāo）了。玄宗南下四川，基本算是放弃了权力，当了太上皇；而太子李亨则率军北上，在灵武（今宁夏灵武）称帝，史称唐肃宗，举起了平叛的大旗。杜甫在这个过程中跟着谁走？他谁也没跟，因为他的官太小了，当时才是一个右卫率府胄（zhòu）曹参军，也就是掌管兵器甲仗的八品小官，唐玄宗父子逃跑的时候，他根本不知道。但是，杜甫是个忠君爱国的人，虽然皇帝逃走的时候没带他，但他一听说唐肃宗在灵武即位了，马上就把妻子儿女安置到鄜（fū）州（今陕西富县），自己只身北上，要到灵武去追随唐肃宗。

可是，当时这条路早就被安史叛军掐断了。他出发没多久，就被叛军俘虏，押回了长安。当时，长安城也是一片混乱，被叛军抓到的大官比比皆是。比如王维，当时是五品官，就被叛军俘虏，而且还投降了叛军。杜甫在这些被俘官僚之中地位实在太低，因此，连叛军都顾不上理他，又把他放了。于是，他就滞留在了长安。这时候，皇帝是什么情况？杜甫不知道；家人是什么情况？杜甫也不知道，每天都是愁肠百结。就在这种情况下，又一个春天不知不觉降临了。杜甫感时伤世，这才写下了这首别具一格的《春望》。

国破山河在，城春草木深。

感时花溅泪，恨别鸟惊心。

烽火连三月，家书抵万金。

白头搔更短，浑欲不胜簪。

先看知识点。

第一，"国破山河在"的"国"。我们今天说国，是指国家。而在古代，国指的是国都，也就是长安，和下一句"城春草木深"的"城"是一回事。

第二，"烽火连三月"的"烽火"。烽和火都是火字旁，跟火相关，一般指边防报警的烟火，但在这里就泛指战火。

第三，"浑欲不胜簪"的"簪"。"簪"字在《平水韵》中归入下平"十二侵"部，和"深""心""金"押韵，因此为了押韵，可以读作 zēn。

知道了知识点，再看这首诗怎么翻译。

国都沦陷，只有山河依旧；春天到来，城里荒草深深。

感伤国事，看花开不禁流泪；别离家人，听鸟鸣反觉惊心。

立春以来，战火已连绵三月；家信珍贵，每封都价值万金。

愁绪烦扰，白发越搔越短；头发疏稀，几乎没法插上发簪（zān）。

这首诗在三方面堪称表率。第一，对仗完美；第二，冲突鲜明；第三，家国情深。

先看对仗完美。 我们之前讲《过故人庄》的时候说过，五言律诗的颔联（第三、四句）和颈联（第五、六句）需要对仗。但是，这首诗不仅颔联和颈联对仗，首联也对仗。"国破"对"城春"，"山河在"对"草木深"。"感时"对"恨别"，"花溅泪"对"鸟惊心"。"烽火"对"家书"，"连三月"对"抵万金"。对得都特别工整，这是两句之间的对仗。除此之外，这首诗还包含了句内对。

哪里是句内对呢？看首联，"国破山河在，城春草木深"。"山"跟"河"是不是相互对仗？"草"和"木"是不是也相互对仗？本来，格律诗只要求中间两联对仗就可以，但是，杜甫是学霸，习惯性地超额完成任务，人家要求两联对仗，他就搞成三联对仗；人家要求两句之间两两相对，他又额外加了两个句内对。这么多整齐的对仗放在一起，还又那么自然不呆板，这就是杜甫的本事。

可能有人会疑惑，难道对仗越多就越有本事吗？这倒也不一定。李白写过好多律诗，比如《夜泊牛渚（zhǔ）怀古》，通篇根本不对仗，但是却特别洒脱，让人不得不服。可是，虽说对仗有对仗的好处，不对仗有不对仗的好处，若选一个人当老师，选谁呢？应该选杜甫。因为李白天分高，可以做到随心所欲，跟着李白学，除非你也是天才，否则很容易"画虎不成反类犬"，什么也学不会。但杜甫不一样，他讲规矩，还经常给自己制定更严的规矩。跟着他学，就算学得没有那么好，至少也是"刻鹄（hú）不成尚类鹜（wù）"，出不了大错。学作诗也罢，学做人也罢，一定要先学规矩，再讲自由。

再看冲突鲜明。 通篇一看，这首诗到处都有冲突。冲突在哪里呢？比如第一句，"国破山河在"，这"破"和"在"就是一对冲突。"破"是残破，"在"是照旧。山川无情，不管人事变迁，这不是一对冲突吗？

第二句，"城春草木深"，这"春"和"深"也是一对冲突。"春"是什么？是明媚鲜艳。"深"是什么？是草木荒疏，四处疯长的样子。敌兵残害，老百姓死的死，走的走，原来的亭台楼阁都长满了荒草，繁华的长安城沦为一片大野地，这不也是一对冲突吗？

而第三句"感时花溅泪"，"花"和"泪"又是一对冲突。"人面桃花相映红"才是正理，看见花开，为什么要溅泪呢？

第四句，"恨别鸟惊心"，"鸟"和"惊"还是一对冲突。孟浩然说了，"春眠不觉晓，处处闻啼鸟"（《春晓》）。鸟叫是多么令人快乐的声音，怎么会惊心呢？所以说，这首诗到处都是冲突。

为什么有这么多冲突呢？因为国破家亡啊。如果国没破，家没亡，春天来了，极目四望，应该是什么样子呀？那大概应该像杜甫自己说的，"三月三日天气新，长安水边多丽人"（《丽人行》）吧？到处繁花似锦，到处游人如织。杜甫若是愿意，完全可以像孟郊那样，"春风得意马蹄疾，一日看尽长安花"；就算不爱凑热闹，也可以像谢灵运那样，静静地欣赏"池塘生春草，园柳变鸣禽"（《登池上楼》）。可是现在，国都破了，皇帝走了，家人也杳无音信，杜甫哪还有心情欣赏春光，只觉得看花开不是花开，听鸟叫不是鸟叫了！这其实是古诗词常用的一种表现手法，叫**以乐景写哀**。景越美，心越痛，景和情之间反差越大，冲突越深，让人觉得诗句越有力量。

最后看家国情深。 李白为什么有魅力？因为他眼里永远有一个大大的自己。自己得志了，就是"仰天大笑出门去，我辈岂是蓬蒿（péng hāo）人"（《南陵别儿童入京》）；重获自由了，就是"两岸猿声啼不住，轻舟已过万重山"，一直到死都像个牛气冲天的少年。杜甫为什么有魅力？因为他的眼里永远有国有家。对国家，他是"感时花溅泪"；对家庭，他是"恨别鸟惊心"。对国家，他看到"烽火连三月"；对家庭，他想着"家书抵万金"。这种感情太深厚了，以至于后来再出现类似的情况，这两句诗就会立刻涌上心头。一千多年来，不知道有多少人热泪横流地吟诵过"烽火连三月，家书抵万金"。

杜甫爱家也爱国，可是，无论哪一头，他都没有办法。想要帮忙，却又无法帮忙，所以他才会"白头搔更短，浑欲不胜簪"。要知道，杜甫当年才46岁，只是个中年人，但是为了国、为了家，他把头发都愁白了，愁没了！写到这里，这首诗的层次也就出来了，先写景，再抒情；先写国，再写家，最后落到自己。整首诗层次分明，而又家国情深。

李白眼里永远有个大大的自己，这是英雄人格，我们衷心地仰慕，也衷心地喜欢。杜甫呢？他的眼里永远有国、有家、有朋友，还有老百姓，他永远想把自己最赤诚的心都捧出来给这些人，这是圣人人格，我们衷心地佩服，也衷心地喜欢。这是"诗仙"和"诗圣"的不同，也是"诗仙"和"诗圣"各自难以替代的光彩。

◢ 这首诗讲了哪些内容呢？ ◣

1. "马嵬之变"是指什么？
2. "以乐景写哀"在这首诗中是怎么体现的？
3. 杜甫在什么情况下写了这首诗？
4. 李白和杜甫有哪些不同的性格特点？
5. 李白和杜甫的诗歌有哪些不同？

《问刘十九》

若说唐朝有两大诗人，那一定是李白和杜甫，毫无争议。若说唐朝有三大诗人，这第三位该填一个谁呢？这就有争议了。如果是在古代，更多的人可能会填一个王维。王维号称"诗佛"，最擅长写山水田园诗，苏东坡说他"诗中有画，画中有诗"，对唐诗的审美做出了巨大贡献。现在通行的《唐诗三百首》就是这个意见，它选出的诗篇一共 311 首，其中，杜甫 38 首，李白 27 首，王维倒有 29 首。这就是很多古人心目中的唐诗前三甲。

但是，如果是在近代之后，还说唐诗三大家，可能更多的人会填一个白居易。白居易号称"诗王"，又称"诗魔"。他主张写诗不是为了审美，而是为了国家，为了老百姓。所以，他在诗坛发起了著名的"新乐府运动"，提出"文章合为时而著，歌诗合为事而作"。

为什么叫新乐府呢？因为乐府是汉朝的一个音乐机构，汉朝设立乐府，就是要采集老百姓的歌声，让皇帝听到来自民间的声音。有这样的

文化传统做基础，新乐府主张，文人创作的诗歌也要反映民间疾苦，也要对当时的政治有所帮助。比如，大家熟知的《卖炭翁》，不就是反映民生疾苦的诗歌吗？因为重视诗歌的社会作用，所以白居易还特别提倡写诗要通俗易懂。传说他每写一首诗，都要念给邻居的老太太听，老太太都能懂了，他才满意，这就是成语"老妪（yù）能解"的来历。

白居易重视老百姓，而近代以来，人民的地位越来越高，所以，近代以后再说唐诗三大家，很多人就认为是李白、杜甫和白居易了。这种评价标准的变化，本身就是很有意思的历史变迁。

不过，白居易也不是只写新乐府和政治讽喻诗，他信奉"穷则独善其身，达则兼济天下"。一旦在政治上失意了，他马上就退到日常生活中去，退到心灵修养中去，写了好多怡情养性的闲适诗。事实上，虽说陶渊明"采菊东篱下，悠然见南山"就很有闲适的感觉，但是，只有到了白居易，闲适诗才真正成了一个诗歌流派，对后来的中国文人产生了巨大的影响。我们今天要看的这首《问刘十九》就是一首经典的闲适诗。

绿蚁新醅（pēi）酒，红泥小火炉。
晚来天欲雪，能饮一杯无？

这首诗写了些什么呢？

先看题目——《问刘十九》。刘十九，就是姓刘，排行第十九的一个人。唐朝人称呼别人，常常是姓氏加排行。比如，我们之前讲过的元二，就是姓元，行二；白居易自己姓白，行二十二，所以，唐诗里那些写给白二十二的作品，签收人就是白居易。这位刘十九的情况我们知道得不多，有人说他是河南嵩（sōng）阳处士，有一个出名的堂兄弟，叫刘二十八。刘二十八又是谁呢？此人名叫刘禹锡，号称"诗豪"，也是白居易的好朋友，跟白居易合称"刘白"。

再看知识点。白居易写诗通俗易懂，这首诗的知识点只有一个，就是第一句，"绿蚁新醅酒"。其实这句诗的意思在唐代尽人皆知，只是现在酿酒技术变了，才成了知识点。所谓"新醅酒"，是指新酿的酒。唐朝还没有蒸馏酒，只有发酵酒。发酵酒一定是新酒比陈酒好，就好比现在的啤酒，谁会去喝陈酿？一定是新鲜的好。"绿蚁"又是什么呢？是指浮在新酿米酒上的绿色泡沫。唐代的酒杂质多，酿好之后还要过滤，滤过的称为清酒；如果是未滤清的浊酒，酒面会浮起酒渣，颜色微绿，细如蚂蚁，就称为"绿蚁"。

知识点说完了，这首诗怎么翻译呢？

端来了泛着淡绿泡沫的新酿米酒，烧旺了小小的红泥炉。
天色将晚就要下雪，老朋友能否来喝上一壶？

这首小诗，颜色搭配好，动静结合好，情感闲适尤其好。

先看颜色搭配。"绿蚁新醅酒"，酒是绿的；"红泥小火炉"，温酒的红泥炉子和火苗都是红的；"晚来天欲雪"，雪虽然没有下，但你能想象，此刻的天是黑的，即将飘洒下来的雪花又是白的。在这四种颜色里，黑和白都是冬天的颜色，是肃杀的，但绿和红就不一样了，我们常说桃红柳绿，绿和红都是春天的颜色，也是生命的颜色。这样四种颜色一搭配，你就能感觉到寒冷中的温暖，仿佛冬天里的春天一样。外面固然天寒地冻，但我们不妨室内生春，享受一点儿小而确定的幸福。

再看动静结合。"绿蚁新醅酒"，新酿的酒已经倒好了，这是静的。但是，因为酒没有过滤，所以上面浮着一层泡沫，像一群小蚂蚁一样此起彼伏。如今我们倒啤酒，不是还会看见那层泡沫吗？这层泡沫逐渐散去，一个一个的小蚂蚁不见了，这又是动的。"红泥小火炉"也是如此，红泥炉本身是静的，但红色的火苗在跳动，这就是动的了。"晚来天欲雪"，暮色苍苍，宿鸟归飞，天地都笼罩在一片静谧之中，特别是在冬夜，世界会尤其安静吧？但是"天欲雪"意味着老天还在动，马上，雪花就要飞舞起来了。"能饮一杯无"呢？这是在邀请朋友了，朋友也罢，诗人也罢，此时都还在自己的家里，静静地坐着吧？但是，诗人心动了，想朋友了，把酒都摆好了。然后呢？然后他可能就让一个小童带着诗去请这位朋友了。又或者，这位朋友只存在于白居易的意念之中，他知道不可能在这样的雪夜把远方的朋友真的叫来，但是，他还是愿意举起酒杯，对着虚空中的朋友微微一笑，说上一句"请了"！这不也是动起来了吗？每一句都是动与静的结合，感觉特别生趣盎然。

最后看情感闲适。一首诗写得好，最重要的是什么？不是写景，也不是写事，而是写情。在这首诗里，就是要写出喝酒的感情。唐朝的诗人大多喜欢喝酒。最著名的是李白，号称"天子呼来不上船，自称臣是酒中仙"（杜甫《饮中八仙歌》）。李白喝的是什么酒？他自己说了，"金樽（zūn）清酒斗十千，玉盘珍羞直万钱"（《行路难三首》其一）。李白是个潇洒的人，他的朋友也都豪气干云，不惜一掷千金，所以他的酒是清酒，是值钱的酒。喝多了，钱带的不够也不怕，大不了拿东西去换，三品大员贺知章不是曾经用**金龟换酒**，请过李白吗？所以，**李白的酒是豪酒。**

杜甫其实也爱喝酒，但他一生穷困，"盘飧（sūn）市远无兼味，樽酒家贫只旧醅"（《客至》）。他只能就着一个下酒菜，喝点儿不怎么新鲜的陈酒。可是，即便这样的酒，有时候也喝不起，怎么办呢？杜甫说："酒债寻常行处有，人生七十古来稀"（《曲江二首》其二）。李白是别人用金龟换酒，杜甫是自己借债买酒。杜甫为什么宁可借债也要喝酒呢？因为感慨呀！所谓"人生七十古来稀"是说，年纪老大，一事无成，不喝酒干什么！**这是喝的闷酒。**

李白喝豪酒，杜甫喝闷酒，白居易呢？**白居易喝闲酒。**你看，"绿蚁新醅酒"，他的酒，没有过滤，是品质不高的浊酒，所以泛着绿色，带着泡沫。但是，这酒是自家酿的，不用去买，更不用借钱买，这就是小康人家。他喝酒的地方，既不是李白的大酒楼，也不是杜甫的小酒馆，他就在自己家里，对着一个"红泥小火炉"。谁来跟他喝酒呢？既不是像李白那样，招些一掷千金的达官贵人，在他们面前逞意气，出风头，也不会像杜甫那样，自己一个人感时伤世，忧国忧民，喝闷酒。白居易就是随便叫一个住得近的朋友，这个朋友不需要多有钱，也不需要多有名，甚至也不需要多有才。他可能只是一个跟白居易年纪相仿，情趣相投的老头儿，两个人都没什么事，就一起喝喝酒，叙叙旧，发发牢骚。这是多么闲适的生活，又是多么闲适的情调呀！

为什么白居易热衷于喝闲酒，叙闲情呢？要知道，白居易是中唐的诗人。"安史之乱"已经结束了，唐朝已经走过了盛世。所以，他不像李白那样豪迈，总觉得"天生我材必有用，千金散尽还复来"（《将进酒》）；

也不像杜甫那样伟大，总想着"安得广厦千万间，大庇（bì）天下寒士俱欢颜"（《茅屋为秋风所破歌》）。他是个好官，经常为老百姓着想，他也发起过新乐府运动，想要用诗来反映现实，改良社会。但是，现实黑暗，他改变不了，还被贬了官。这样一来，白居易就转而独善其身了，过自己的小日子，交自己的真朋友，在自己的小天地做一个快乐的老头儿。

有人说，白居易的诗俗，境界没有那么高，这当然有道理。但是，生活本来就是平淡的，在平淡的生活中，享受一点儿摸得着、看得见的小快乐，享受一种悠然自得的小心情，也是一种可以接受的人生选择。所以，白居易的闲适诗在后代有很大影响，那种优美亲切的语言、悠闲自得的情调，让后世的好多文人都称道不已。现在让我们想象一下古代的文人，不也是这个样子吗？我们之前讲"建安风骨"，那自然是好的，但是如果说到文人情趣，那也不算错。这就跟中国哲学一样，一阴一阳才是道。

📖 这首诗讲了哪些内容呢？

1. 什么叫新乐府？

2. 李白、杜甫和白居易，他们三人喝的酒有什么不一样？

3. 作为中国古典诗歌中一个重要的流派——闲适诗，有什么特点？

《元和十年自朗州至京戏赠看花诸君子》

刘禹锡是谁呢？我们讲白居易《问刘十九》的时候提到过他，他是白居易的好朋友，跟白居易合称"刘白"。他还有个美称，叫"诗豪"。为什么叫"诗豪"呢？因为他性格特别豪迈，特别潇洒。

刘禹锡本来是少年得志。孟郊45岁进士及第，还高兴得不得了，号称"春风得意马蹄疾，一日看尽长安花"。可是刘禹锡21岁就高中进士了，这在整个唐朝都不多见。这还不算，到33岁的时候，刘禹锡又被当朝皇帝唐顺宗看中，让他进入中枢部门，主管财政工作。大家都知道，李白40出头的时候被唐玄宗赏识，进入翰（hàn）林院，得到的不过是个虚职，李白还高兴得不得了，说"仰天大笑出门去，我辈岂是蓬蒿人"（《南陵别儿童入京》），而刘禹锡，30出头已经手握财政大权，当然可以说是少年得志。

当时已经是唐朝后期了，外有藩（fān）镇割据，内有宦官专权，朝政混乱，民不聊生。唐顺宗是个有理想的人，早就对这些问题恨之入骨，所以一旦当了皇帝，就马上启用了刘禹锡、柳宗元等志同道合的年轻官员，发起了一场变法维新活动，打击宦官和藩镇，抚恤老百姓。这本来是件好事，可是，因为唐顺宗身体太差，得了中风，根本说不出话来，自己无法处理朝政，而刘禹锡他们又过于年轻，政治经验不足，威望也不够，所以，变法只推行了一百多天，就失败了。唐顺宗被迫退位，让唐宪宗接班，刘禹锡他们这些革新派也纷纷被贬官。因为唐顺宗年号永贞，所以这件事在历史上被称为"永贞革新"，又称"二王八司马改革"。

　　"永贞革新"失败后，刘禹锡被贬官，当了朗州司马。朗州就是今天的湖南常德，朗州司马算是常德市的副市长。有人可能会说，这也不错呀！今天的湖南常德确实可以，但在当时可还是一片荒蛮之地，非常落后。而且，"司马"虽说相当于副市长，可是在当时已经成了专门安置被贬官员的一个官职，没有任何权力。刘禹锡在朗州司马这个位子上待了多久呢？差不多有十年之久。直到唐宪宗元和九年（814）十二月，才又回到长安，等待新的任命。一般人若是经历这么一番挫折，再回到京师，一定会谨言慎行，再也不想惹祸。但刘禹锡不是一般人，他不觉得自己有错，也不想夹着尾巴做人。他不是元和九年年底回到的长安吗？转过年来，就是元和十年，又一个春天降临了。长安城的春天繁花似锦，当时的人和今天的人一样，也喜欢赏花。刘禹锡赏花之后心生感慨，就写下了这首《元和十年自朗州至京戏赠看花诸君子》。

　　　　紫陌红尘拂面来，无人不道看花回。

　　　　玄都观里桃千树，尽是刘郎去后栽。

这个题目很长，我们可以把它分解成三部分。第一部分，"元和十年"，这是写诗的时间；第二部分，"自朗州至京师"，这既是写诗的前提，也给出了写诗的地点；第三部分，"戏赠看花诸君子"，这是写诗的缘故——你们去看花，我给你们写首诗。另外，"戏赠"说明什么？说明这诗有点儿戏谑，有点儿讽刺。

先看知识点。首先是两个名词，"紫陌"和"红尘"。所谓"陌"，就是路。所谓"尘"，就是土。陌和尘，为什么还要加上红、紫两种颜色，变成紫陌和红尘呢？这就涉及人们对繁华道路的感受了。京城的道路上，一定是车马簇簇，人流滚滚吧？这车马一定是花团锦簇，这行人也一定是非富即贵。路上有了这些，那就不是一般的陌和尘了，而成了紫陌红尘，也就是说，连大道上飞扬的尘土里都带有一种荣华富贵的气息。

再看一个地名——玄都观。玄都观是长安城最著名的一座道观，紧挨着长安城的中轴线朱雀大街。长安城是个特别整齐的城市，108 个坊（住宅区）被长长的朱雀大街分成了东、西两半。玄都观在朱雀大街的西边，跟东边的大兴善寺隔街相望，一道一佛，都是长安城著名的宗教场所，也是著名的风景名胜。

知道了这些知识点，再看这首诗怎么翻译。

长安城的大道上，尘土扑面而来，人人都说自己是看花刚刚回来。

玄都观里那红花灼灼的一千多株桃树，全都是我刘禹锡贬官之后才栽种起来的。

这首诗的好处，就是用烘托、比喻和讽刺，给我们留下了一段历史，也留下了一位大写的诗人。

先说烘托。 哪里是烘托呢？第一、二句运用的就是烘托的手法。"紫陌红尘拂面来，无人不道看花回"。这两句写什么？写看花。这花是什么样的？诗人完全没写。但是，我们知道，这花必定特别好看。为什么？就因为"紫陌红尘拂面来，无人不道看花回"。为了看花，大家都出门了，搞得满街尘土飞扬。而且，人人都说自己刚刚看花回来，好像不看花就不入流一样，这不就意味着花好看吗？这就叫 以人托物，不直接描写，而是侧面烘托。

中国古典诗词，经常用这种烘托的手法，比如《陌上桑》，讲罗敷美貌，怎么写的呢？"行者见罗敷，下担捋（lǚ）髭（zī）须。少年见罗敷，脱帽着帩（qiào）头。耕者忘其犁，锄者忘其锄。来归相怨怒，但坐观罗敷。"这就是用各色人等的反应来烘托罗敷的美。烘托的好处是什么？是侧面加强。你说花美，怎么说都有局限，但是，说一句"花开时节动京城"（刘禹锡《赏牡丹》），马上这花的魅力就显露无遗了。

再看比喻。 哪里是比喻呢？第三、四句是比喻。"玄都观里桃千树，尽是刘郎去后栽"。这"玄都观里桃千树"真的只是指那蔚为壮观的桃花林吗？才不是。它还指那些政治舞台上的新贵，这些新贵就像春天的桃花一样当红。所以，"玄都观里桃千树"是比喻。比喻分为明喻、暗喻和借喻。这里用的是哪一种比喻呢？是借喻。如果是明喻，就要说"新贵像玄都观里的桃花一样"。如果是暗喻，就要说"新贵都成了玄都观里的桃花"。只有借喻，才会写成"玄都观里桃千树"。根本就没有出现权贵，也没有出现比喻词，直接一句"玄都观里桃千树，尽是刘郎去后栽"，我们就知道，那些赫赫扬扬的新贵，不过是发迹没多久的暴发户，当年刘禹锡当政的时候，他们还不知道在哪个角落呢！比喻的好处是形象生动。说新贵正当红，哪如说"玄都观里桃千树"那么形象生动！

最后看讽刺。这首诗哪里是讽刺？句句都是讽刺。"紫陌红尘拂面来"讽刺什么？讽刺京城里颇有一些人气焰熏天。"无人不道看花回"讽刺什么？讽刺众人巴结权贵的谄媚姿态。"玄都观里桃千树"讽刺什么？讽刺新贵们的趾高气扬。"尽是刘郎去后栽"呢？讽刺他们一点儿根基都没有，只不过是暴发户罢了！这些讽刺太厉害了，不仅让新贵脸红，也让巴结新贵和提拔新贵的人都跟着脸红。

如此有战斗性的诗，怎么可能不引人注目呢？这首诗马上就在长安城传颂开来。这一下可得罪人了，那些被讽刺的家伙浑身难受，马上借助手中的权势，又把刘禹锡打发到了偏远地方。这一次，是把他派到了连州，也就是现在广东的连州市，比之前的朗州还偏僻。此后，他又辗转去过夔（kuí）州（今重庆奉节）、和州（今安徽和县），直到唐文宗大和元年（827）才再度回到长安。这时，距离他最初被贬出京，已经整整23年；距离他写《元和十年自朗州至京戏赠看花诸君子》，也已经过去14年了！为了一首诗，又付出14年的代价，这样的代价真的是太大了。所以，白居易才会写下《醉赠刘二十八使君》："亦知合被才名折，二十三年折太多！"

面对这样的人生磨难，有的人会一蹶（jué）不振，有的人会心灰意懒，还有的人，可能会摇身一变，变成自己当年看不起的坏人。但刘禹锡不一样，他有一颗最豪迈的心。再回到长安，又是一个春天。他大笔一挥，又写了一首《再游玄都观绝句》："百亩庭中半是苔，桃花净尽菜花开。种桃道士归何处？前度刘郎今又来。"当年游人如织的玄都观怎么样了？早就不是什么风景名胜地，变成菜园子了！当年那栽培新贵的"种桃道士"，那打击报复我的权臣哪里去了？他们早已死去，而我刘禹锡，如今又回来了！

这是一个多么不屈不挠的诗人啊！有这种不服输的劲头，才能叫"诗豪"。这样的人，哪怕到了唐后期那样黯淡的历史时刻，也照样写得出"沉舟侧畔千帆过，病树前头万木春"（《酬乐天扬州初逢席上见赠》），写得出"晴空一鹤排云上，便引诗情到碧霄"（《秋词》）。

這首诗讲了哪些内容呢？

1. 为什么说是"紫陌红尘"？
2. "永贞革新"是怎么一回事？
3. 什么样的诗叫讽喻诗？
4. 刘禹锡是一位怎样的诗人？

《泊秦淮》

唐朝诗坛，有"大李杜、小李杜"的说法。"大李杜"是说李白和杜甫，"小李杜"则是指李商隐和杜牧。虽说杜牧跟杜甫都姓杜，但是他的为人也罢，写诗的风格也罢，倒是更像李白一些，特别雄姿英发。只不过李白的雄姿英发里带着更多的仙气，有点儿不食人间烟火；而杜牧的雄姿英发，就有更多的现实关照。之所以如此，和杜牧的出身有很大关系。

杜牧出身名门望族京兆杜氏。这个家族从西汉时期就人才辈出。唐朝贞观年间的贤相杜如晦（huì）是杜牧的远祖，杜牧的爷爷杜佑也官至宰相，是唐朝中期难得的政治家。出身这样的家族，杜牧从小就有一种政治世家独特的敏锐，他本人也懂政治、知兵法。

什么叫懂政治？我们中学课本里选了杜牧的名篇《阿房宫赋》："呜呼！灭六国者六国也，非秦也；族秦者秦也，非天下也。嗟乎！使六国各爱其人，则足以拒秦；使秦复爱六国之人，则递三世可至万世而为

君，谁得而族灭也？秦人不暇自哀，而后人哀之；后人哀之而不鉴之，亦使后人而复哀后人也。"一针见血地指出了暴秦灭亡的根源。当年，这篇文章轰动一时，老诗人吴武陵甚至拿着它去找那一年科举考试的主考官，给杜牧要了一个进士科第五名。这也是唐朝科举考试的一段佳话。

再说军事才能。杜牧精研兵法，写过十三篇《孙子》注解，还给当朝宰相上过"平虏（lǔ）策"，文人知兵，也算千古美谈。

我为什么讲这些呢？因为这些素质直接影响了杜牧的诗风。杜牧关心政治，却又身处晚唐，积弊难返，英雄无用武之地。所以他喜欢写怀古诗，借古讽今，这就让他的诗在雄姿英发的基础上又有一种深沉的感慨。这首《泊秦淮》就是典范。

烟笼寒水月笼沙，夜泊秦淮近酒家。

商女不知亡国恨，隔江犹唱《后庭花》。

先看知识点。有三个词需要解释。第一，"秦淮河"。秦淮河是南京的母亲河，它的干流由东向西横贯南京城，注入长江。南京号称"六朝古都"，从三国时期的吴国开始，东晋、宋、齐、梁、陈六朝都在南京建都，秦淮河见证了这么多王朝的兴衰，是一条非常有历史感的河流。

第二，"商女"。所谓商女就是歌女。歌女为什么又叫商女呢？这是一个没有定论的问题。有一种解释说，中国古代有宫、商、角、徵（zhǐ）、羽五个音调，每一个音调既代表五行中的一种元素，也代表一个方向，还代表一个季节。其中，商音在五行属金，代表西方，代表秋天。既然是秋天之音，音调就有阴柔的特性，也就是我们常说的靡（mí）靡之音。因此，唱这种靡靡之音的歌女也就被叫成了商女。

第三，《后庭花》。《后庭花》的全名是《玉树后庭花》，是陈朝的末代皇帝陈叔宝所制的曲子，陈后主还为这首曲子填了词。当年，隋朝正摩拳擦掌，想要灭掉陈朝，统一南北。而陈后主根本不考虑怎么抵抗，却整天和张贵妃、孔贵嫔等一干美女填词作曲，这不就是醉生梦死吗？结果隋朝大军打过长江，陈叔宝成了亡国之君，《玉树后庭花》也因此成了亡国之音的代名词。

理解了这些知识点，再看这首诗是什么意思。

迷离的月光下，轻烟笼罩着寒水白沙，夜晚，我把小船停泊在秦淮河畔，靠近酒家。

酒家那卖唱的歌女好似根本不懂什么叫亡国之恨，她隔着江水仍然吟唱着《玉树后庭花》。

这首诗第一好在结构巧，第二好在感慨深。

先看结构巧。 巧在哪儿呢？第一句就巧。"烟笼寒水月笼沙"，这个句式，像不像"秦时明月汉时关"？这种句式叫作互文。意思不是轻烟笼罩着冷冷的秦淮河水，月光笼罩着河岸的白沙，而是月光和轻烟笼罩着冷冷的秦淮河水，也笼罩着河水两岸的白沙。为什么要用互文呢？这两个"笼"字有加强意义，加强了笼罩感，也就加强了梦幻感。秦淮河里的水也罢，秦淮河畔的沙也罢，都笼罩在一片月光水雾之中，都那么迷蒙，迷蒙得像一个梦。这种梦幻感一出来，马上，怀古诗的感觉也就出来了。所谓六朝如梦，夜泊秦淮的杜牧，是不是走进了梦里，走进了古人的世界呢？这是一个非常巧妙的开头。

除了第一句的互文，这首诗还连用了两处倒装句。第一处倒装在哪里？在前两句"烟笼寒水月笼沙，夜泊秦淮近酒家"。按照正常的顺序，肯定应该是先到地方，再看风景，也就是"夜泊秦淮近酒家，烟笼寒水月笼沙"。可是，真要这么写，那就太平铺直叙了，不精彩。怎么办呢？诗人干脆倒过来，先写扑入眼帘的景致，然后再追述夜泊秦淮。这样一来，先声夺人，不就好看了吗？

第二处倒装在哪儿？在后两句，"商女不知亡国恨，隔江犹唱《后庭花》"。正常的顺序是什么？一定是先听唱歌，再发感慨吧？也就是"隔江犹唱《后庭花》，商女不知亡国恨"。可是，这样一来不光音韵不对，而且没有了诗的韵味。干脆还是倒装吧，把"商女不知亡国恨"这个结论提到前面来，让人先心里一惊，然后再讲理由：你看，她们还在唱那《玉树后庭花》的亡国之音呢！为什么把"隔江犹唱《后庭花》"放在结尾就好？因为这样，就有一种余音袅袅，绕梁不绝的感情在，让你觉得，歌声余音袅袅，这首诗给人的震撼也余音袅袅，使人长长久久地回味，这就是诗的含蓄美。

本来，怀古诗的固定套路，就是临古地、思古人、忆古事、抒己志。这四个元素，杜牧这首《泊秦淮》里有没有？当然有。古地是秦淮河，古人是陈后主，古事是《玉树后庭花》，自己的感情是亡国之恨。可是，他没有平铺直叙，而是用了两个倒装、一处互文，马上整首诗就有了灵气，这是结构巧。

再看感慨深。 哪里是感慨？当然是"商女不知亡国恨，隔江犹唱《后庭花》"。当年，陈后主沉溺享乐而亡国，这是多么惨痛的历史教训！可是，年轻的歌女哪里知道这歌声里藏着如此深重的亡国之痛，她们还在酒家浅吟低唱，给客人劝酒助兴。这让船上的诗人隔江听来，是何等感慨，何等悲哀啊！

那么，诗人是在谴责歌女吗？当然不是。歌女唱什么歌，自然是要随着客人的喜好。秦淮河上的客人是什么人呢？还不是唐朝那些达官显贵！歌女们唱《玉树后庭花》，背后是达官贵人在听《玉树后庭花》，就算歌女无知，官员们岂能不知这是亡国之音？他们什么都知道。但是，他们却选择装不知道，选择掩耳盗铃，选择醉生梦死，这不是和陈后主时代一样了吗？所以这两句诗，妙就妙在"不知"，妙在"犹唱"。"不知"的背后是知道，"犹唱"的背后是不理会。知道而不理会，就意味着不接受教训，意味着历史悲剧即将重演。这不正是杜牧在《阿房宫赋》中讲的那句话吗？"秦人不暇自哀，而后人哀之；后人哀之而不鉴之，亦使后人而复哀后人也。"若是达官贵人都能若无其事地唱《玉树后庭花》，唐朝也就离亡国不远了！

就这样，一首流行歌曲，串起了古往今来的兴亡之感。这种兴亡之感和开篇的烟水迷离情景交融，一下子就让秦淮河的形象定格了。此后我们一想到秦淮河，就再也脱不了杜牧的基调。而且，恰恰是因为杜牧这首诗，秦淮河的名字才最终确定下来。本来，在历史上，这条河曾经叫过好多名字，直到唐朝才改叫秦淮，又直到杜牧的《泊秦淮》出来，它的名字才广为传颂，此后再也没有改过。换句话说，没有秦淮河，当然没有杜牧这首诗，但是，没有杜牧这首诗，其实也就没有今天的秦淮河。这就是文学的力量。

在这部分，我们一共选了八首诗。我们用《登鹳雀楼》讲唐朝的时代精神，用《出塞》讲唐朝的武功，用《登科后》讲唐朝的文治，用《送元二使安西》讲唐朝的丝绸之路，又用《过故人庄》讲唐朝的富裕和温情，这都是盛唐气象。然后，我们又用李白的《早发白帝城》和杜甫的《春望》讲"安史之乱"，这是唐朝由盛到衰的转折点；再用白居易的《问刘十九》、刘禹锡的《元和十年自朗州至京戏赠看花诸君子》和杜牧的《泊秦淮》讲唐后期的衰亡。刘禹锡还在抗争，白居易却已经隐退了，到杜牧"商女不知亡国恨，隔江犹唱《后庭花》"那一刻，唐朝也就走到尽头了。

接下去，历史即将进入一个文质彬彬的时代——两宋王朝。

这首诗讲了哪些内容呢？

1. 商女是指什么样的女子？

2. 《玉树后庭花》是一首怎样的曲子？

3. 怀古诗的写法是怎样的？

宋朝

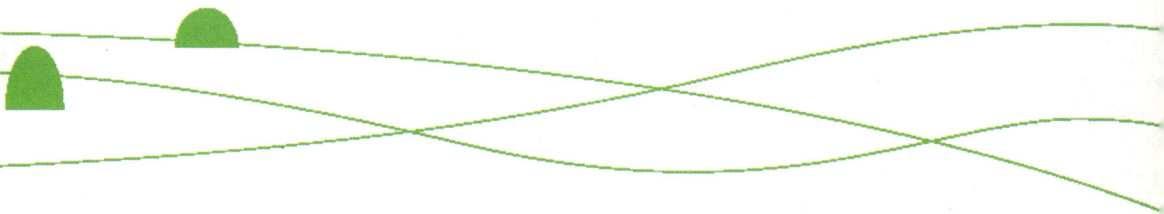

《江上渔者》

宋朝的特点，是内盛而外弱。一方面，宋朝的皇帝宽厚，大臣谨慎，所以老百姓的日子相对富足，文化也特别繁荣，整个社会都呈现出一种文质彬彬的气质，这是内盛。但是另一方面，它的战斗力很弱，跟少数民族政权打仗很少打赢。北宋的时候跟辽朝和西夏打，金朝崛起之后又跟金朝打，还被金朝赶到了长江以南，所以宋朝又分成了北宋和南宋。最后，南宋又被蒙古政权所灭。屡败屡战，屡战屡败，充满了悲情色彩。王朝的风貌映照在诗文中，又会呈现出怎样的特点呢？我们用七首诗一一道来。第一首，是北宋名臣范仲淹的《江上渔者》。

江上往来人，但爱鲈鱼美。

君看一叶舟，出没风波里。

先看诗体。这是一首五言古绝。可能有读者会说，为什么不是五言绝句呢？因为五言绝句是近体诗，属于格律诗的范畴，它要符合格律诗的基本要求。其中一个很重要的特征，就是第二句的最后一个字和第四句的最后一个字都必须押平声韵，约等于我们现在说的一声和二声。比如我们之前讲的《登鹳雀楼》，第二句"黄河入海流"的"流"和第四句"更上一层楼"的"楼"，都是平声字。但古绝不一样。它的产生比格律诗更早，所以不必符合格律要求，而且可以押仄声韵。所谓仄声，就是古代四声所讲的上声、入声和去声，约等于现在的三声和四声。即使是唐朝以后，格律诗占了主流，依然有人写这种古体的绝句，这就是古绝。比如这首《江上渔者》，第二句"但爱鲈鱼美"的"美"字和第四句"出没风波里"的"里"字都是仄声，所以，它不是五言绝句，而是五言古绝。

再说作者。范仲淹可是中国历史上鼎鼎大名的政治家，也是大名鼎鼎的文学家。他跟我们之前讲的李白、杜牧这些出身富贵的唐代大诗人不一样，他是苦孩子出身。范仲淹很小的时候，他父亲就去世了，母亲带着他改嫁给一个姓朱的人，生活非常艰苦。范仲淹十几岁的时候到寺院去读书，都要自己做饭吃。可是，他带去的米太少，不够吃。怎么办呢？范仲淹就每天晚上量出二升米来，煮成稠粥。稠粥放置一夜，都凝成了一坨，他再把这一坨粥分成四块，早晨两块，晚上两块，就着一点儿碎咸菜吃。这就是成语"断齑（jī）画粥"的来历，形容贫苦人家的孩子努力发愤。

我为什么要讲这段经历呢？因为它和这首诗直接相关。正因为有这段苦孩子的经历，所以范仲淹当官之后，特别能够体察民间疾苦，这才能写出《江上渔者》来。

先看知识点。这首诗明白如话，没有什么特别要解释的，只想跟大家说说鲈鱼。很多人可能不以为然，鲈鱼不就是一种鱼吗？鲈鱼是一种鱼，但它可不是一种普通的鱼，它是中国四大名鱼之首。所谓四大名鱼，就是松江鲈鱼、长江鲥（shí）鱼、黄河鲤鱼和巢湖银鱼。在这四大名鱼里，鲈鱼出名最早。早在汉代，松江的"鲈鱼脍（kuài）"就是写进史书的一道名菜。到了西晋的时候，有一个叫张翰的苏州人在洛阳当官，有一天秋风吹起，他忽然想起苏州老家的莼菜羹和鲈鱼脍来，就叹息一声说："人生最重要的不过是快乐罢了，怎么能为了一点儿可怜的功名利禄就跑到离家千里之外的地方呢！"当即就辞官回乡，吃鲈鱼脍去了。这件事在历史上被称为"莼（chún）鲈之思"，现在用来形容人思念家乡。我讲这个典故是想说，鲈鱼不仅仅是一种鱼，它也是一种很风雅的奢侈品，味道又好，又有文化内涵，大家都喜欢吃它。所以范仲淹才说，"江上往来人，但爱鲈鱼美"。

这首诗怎么翻译呢？

长江上来来往往的人啊，都只知道喜欢鲈鱼的鲜美。

您看那一叶小小的渔船，忽隐忽现，出没在滚滚的波涛里。

这首诗看似平凡，但又真的耐人咀嚼。它有两个好处：第一，对照好；第二，情怀好。

先说对照好。哪里是对照？"往来"和"出没"就是一对儿对照。在长江上"往来"的是谁呢？有赴任的官员，也有运货的商人，换句话说，这些人非富即贵。商人多半是听说了鲈鱼的美味，而官员呢，可能还会联想到莼鲈之思的风雅。反正松江鲈鱼名声在外，既然到了长江口，无论如何，总要尝一尝吧？所以，他们是鲈鱼的消费者。那么，在长江里"出没"的人又是谁呢？是打鱼的渔夫。他们靠着捕鱼为生，所以，无论风多高，浪多大，他们也要驾着一叶扁舟，出没在起伏不定的波涛里。他们是鲈鱼的生产者。拿悠闲的消费者和艰辛的生产者对照，有什么作用呢？诗人虽然什么也没有说，但是，世道的不公平显示出来了，诗人的道德立场也就显示出来了。他是站在往来人那一边，还是站在打鱼人这一边？他虽然是个官员，但是他站在了打鱼人这一边，他希望人们知道打鱼人的不容易。这个意思他并没有明说，可是因为这么一对照，我们都感觉出来了，这就是对照的力量。

除了往来人和出没者这两者的对照之外，"往来"和"出没"这两个动词内部也是对照关系。这两个词，都是由两个意思相反的字组合而成的，这样的词特别有动感，很容易给人留下深刻的印象。就拿"出没"来说吧，什么叫出没？不就是一会儿在浪尖上，一会儿在浪底下吗？这个词一出来，我们仿佛都能看到小渔船随着波涛的起伏一隐一现的样子，我们的心也会跟着小渔船一沉一浮。"出没"这个词一用，马上渔民的风险和艰辛就跃然纸上，这也是炼字的功夫。

再看情怀好。 在中国古代，渔夫这一意象有好几种含义。第一种渔夫是隐士型渔夫。比如东汉的严光。他早年帮助东汉光武帝刘秀打天下，但是刘秀当了皇帝之后，他却坚决不当官，就隐居在浙江桐庐，以打鱼为生，这就是隐士型渔夫，也是诗人最欣赏的渔夫。盛唐时有个隐士叫张志和，曾经写过一首《渔歌子》："西塞山前白鹭飞，桃花流水鳜（guì）鱼肥。青箬（ruò）笠，绿蓑衣，斜风细雨不须归。"真是悠然自得，简直像神仙一样。

还有一种渔夫是志士型渔夫。所谓志士，就是绝不向世俗妥协的人。比如，唐后期大诗人柳宗元在被贬官之后，写过一首《江雪》："千山鸟飞绝，万径人踪灭。孤舟蓑笠翁，独钓寒江雪。"天地之间，只有一叶扁舟，一个渔夫。这个渔夫，多么孤独，又是多么倔强啊！这是志士型渔夫，也是文人敬仰的对象。

还有一类渔夫，既不是隐士，也不是志士，他们只是普通人，他们打鱼，既不是为了陶冶情操，也不是为了向社会抗争，他们打鱼就是为了生活。这样的渔夫，其实才是渔夫中的绝大多数，可是，他们不怎么美，所以历来很少有文人关注到这一类渔夫。

但是，范仲淹关注到了。范仲淹不仅仅是个文人，更是当地的父母官。写这首《江上渔者》的时候，范仲淹正担任苏州知州，这"出没风波里"的渔夫，就是他治下的老百姓。如果只是文人，那么，你无论关注哪一类渔夫都没有什么问题，但是，作为一任官员，特别是父母官，如果能够用现实主义而不是浪漫主义的眼光来看自己治下的百姓，那才是一个真正有情怀的好官。范仲淹是一个从平民成长起来的官员，因为自己吃过苦，他更能同情天下吃苦的人，这就叫推己及人，这才是真正的儒家知识分子。

我给大家选这首诗，是想用它来代表宋代士大夫的情怀。宋朝是中国科举制度运行最好的时期，通过科举，选出了一大批出身平凡，却又志存高远的士大夫。这些人像范仲淹一样，"先天下之忧而忧，后天下之乐而乐"（《岳阳楼记》)，所以，宋朝才能有我们开头说的"内盛"特征。

1. 宋朝有什么特点?

2. 五言古绝和五言绝句有什么区别?

3. 你知道了关于鲈鱼的哪些知识?

4. 在中国古代,"渔夫"这一意象有哪几种含义?

《题西林壁》

除了忧国忧民之外，宋朝的士大夫还有一个特征，他们特别富于理性思考，写出了很多哲理诗。比较典型的，就是苏轼的七言绝句《题西林壁》。

横看成岭侧成峰，远近高低各不同。

不识庐山真面目，只缘身在此山中。

现代人说起苏轼，都觉得他是神仙一样的人物。在他身上，有三绝最令人羡慕。哪三绝呢？家学一绝，才华一绝，潇洒一绝。

先说家学。 苏轼和父亲苏洵、弟弟苏辙合称"三苏"，都被列入"唐宋八大家"行列。在历史上恐怕只有曹操、曹丕、曹植这"三曹"父子可以相媲美。"一门父子三词客"，当然可以说是家学一绝。

再说才华。 苏轼属于天才型人物，各种学问无一不精。他写诗

好，和黄庭坚合称"苏黄"；写词好，开宋词豪放一派，和辛弃疾合称"苏辛"；写文章好，和欧阳修合称"欧苏"；书法好，与黄庭坚、米芾（fú）、蔡襄（蔡京）合称"宋四家"。除此之外，他画画也好，是北宋文人画的掌门人。诗、词、文、书、画五个方面都做到了顶尖，这是才华一绝。

最后看潇洒。 苏轼本来是少年得志，21岁就考中进士，在当时的文坛和政坛都备受瞩目。可是，到了中年，他的人生就开始颠簸不顺了。怎么回事呢？当时，宋朝面临着两大问题：一个是积贫；一个是积弱。所谓"积贫"，就是朝廷没钱，财政总是亏空。所谓"积弱"，就是军队不强，总打败仗。怎样才能扭转这样的局面呢？当时的皇帝宋神宗任命了一位非常有理想，也非常有闯劲的宰相，名叫王安石。王安石大力推行了一系列改革措施，历史上称为"王安石变法"。这些改革措施有些还不错，有些却只是"想得美"，实际上行不通。苏轼是个耿直的人，提出了不少反对意见，结果就被改革派视为"眼中钉，肉中刺"了。他们在苏轼的诗文之中挑出了一些字句，罗织罪名，说他对皇帝不忠。把他抓到了御史台里，一关就是一百多天，差点儿丢了命。幸好宋朝有不杀士大夫的传统，他才最终逃过一劫，被贬官黄州了事。后来，皇帝换了，王安石这一派新党也被打压下去，换上了保守派，按说，苏轼该苦尽甘来了吧？可是这个时候苏轼又说，王安石的一些做法并没有错，这样一来他又成了保守派的打击对象。总之，新党觉得他旧，旧党觉得他新，他就在这两派之间起起落落，先后贬官黄州、惠州、儋（dān）州，真是九死一生。这样折腾下来，一般人早就心如死灰了。可是，苏轼不一样。他心态特别好，一路走一路吃，在黄州发明东坡肉，在惠州吃荔枝，在儋州吃牡蛎，吃出了好多传世名菜。同时，他也一路走一路写，写出了我们耳熟能详的那首《定风波》："莫听穿林打叶声，何妨吟啸且徐行，竹杖芒鞋轻似马，谁怕？一蓑烟雨任平生。"这不就是潇洒走一回吗？我为什么要讲这些呢？因为这首《题西林壁》就和苏轼的经历直接相关，也和他的心态直接相关。

再看题目，《题西林壁》。所谓西林壁，就是西林寺的墙壁。古代庐山有三座寺庙非常有名，一座大林寺，一座西林寺，还有一座东林寺。古代文人喜欢到寺庙游玩，游玩之后还喜欢在墙壁上题诗，所以这三座寺院都有名篇。比如，白居易的《大林寺桃花》，写的就是大林寺，而这首《题西林壁》，就题在了西林寺的墙壁上。当时，苏轼不是被贬官了吗？贬到黄州好几年，之后才让他去了稍微好一点儿的汝州。黄州在湖北，汝州在河南，那个时候管理也不太严格，苏轼就一路走一路玩儿，还特意到庐山游览了几天，写下了若干首庐山记游诗。从各个角度都写过了，总结一下，庐山到底什么样子呢？这首《题西林壁》就是他对庐山的总结。

先看知识点。这首诗的知识点只有一个，"横看成岭侧成峰"。什么是"岭"？岭是起伏相连的山。什么是"峰"？峰是高而尖的山头。那什么又是"横看"呢？庐山是南北走向，横看就是从东边或者西边看过去，看到的是一系列连绵的山岭。什么又是"侧看"呢？侧看就是从南北两头看过去，这时候你看不到整座山，而是看到了高耸的山头。可能有人会说，这个句式很熟悉呀，它很像"秦时明月汉时关"，或者"烟笼寒水月笼沙"，当时，我们说这是互文。那么，"横看成岭侧成峰"是不是互文呢？其实也是。所以，我们也不必特别执着于正面如何、侧面如何，可以笼统地理解为，从不同的角度看过去，庐山有的时候起伏连绵，有的时候又山势峥嵘。

理解了这个知识点，再看整首诗怎么翻译。

从正面、侧面不同的视角看，庐山有时连绵起伏，有时头角峥嵘。从远、近、高、低各处看，庐山都呈现出截然不同的姿容。

之所以辨不清庐山真正的面目，是因为我正身处庐山之中。

这首诗最大的好处，就是即物说理。

这首《题西林壁》，从表面上看当然是在写庐山，并且是作者写了若干首咏庐山的诗之后的总结性诗作，所以，他不能单写香炉峰，也不能单写庐山瀑布，而是要全面描绘一下庐山。庐山到底是什么样子呢？

看前两句，"横看成岭侧成峰，远近高低各不同"。这两句朴实无华，但是也实事求是。这几天来，诗人已经从若干个角度观赏过庐山了，每个角度看到的庐山都不一样。刚要说它平缓，它又山势峥嵘起来；刚要说它草木葱茏，却又看到了寸草不生的山崖。诗人所处的位置一变，马上，看到的景致也就变了，真是千姿百态，让人无法形容。问题是，苏轼是个天才人物，既能诗，又能画，怎么会无法描绘庐山呢？

看后两句，"不识庐山真面目，只缘身在此山中"。如果说前两句是在写景，那么这两句就是在写人了。写人的什么呢？写人的反省。我为什么辨不清庐山的真面目？因为我就在这座山里呀！我被自己的视角困住了，只能看到眼前的一峰一壑、一丘一峦，当然就不知道整座庐山的样子啦。换句话说，怎样才能知道庐山的真面目呢？那就只有跳出大山，才能获得全面的视角。这是不是在写对庐山的所见所思？当然是，但又不只如此。

它其实是通过庐山讲了一个道理，什么道理呢？人们所处的地位不同，看问题的出发点不同，对事物的认识难免有一定的片面性，这就叫"横看成岭侧成峰，远近高低各不同"，所以难免仁者见仁，智者见智。怎样才能认识事物的真相与全貌呢？那就必须超越狭小的范围，摆脱主观成见。这才是"不识庐山真面目，只缘身在此山中"。这个道理很大很深吧？但是，他并不是直接讲出来的，而是把它隐藏在庐山里，让我们自己悟出来，而我们一旦悟出来之后，又会觉得它那么巧妙，那么贴切，可以用在生活的方方面面，这就叫"即物说理"。这可是宋诗的一大特色。

从这里，我们就可以看出唐诗跟宋诗的差别来了。什么差别呢？**唐诗以情胜，宋诗以理胜。**唐朝写庐山最有名的诗是哪一首？是李白的《望庐山瀑布》："日照香炉生紫烟，遥看瀑布挂前川。飞流直下三千尺，疑是银河落九天。"这首诗，真是豪情万丈。我们今天只要一看到大瀑布，无论是壶口瀑布、黄果树瀑布，还是尼亚加拉瀑布，都会立刻想起这首诗来，而且自己也跟着豪迈起来。

但是，《题西林壁》就不一样了，我们不见得非得到瀑布前再想起它，我们在日常生活中也会想起它。比如，大家一起做活动策划，每个人的方案都不一样，老板就会说，这真是"横看成岭侧成峰，远近高低各不同"啊！又如，两个人合作，每个人都觉得自己的想法最好，还为此吵了起来，其实他们没想到，把两个想法合到一起，正好可以相互补充。这就叫"不识庐山真面目，只缘身在此山中"。

其实苏轼又何尝不是如此呢？他历经坎坷，为什么能够如此潇洒？除了性格达观之外，还有一点，他是一个善于反思的人。朝廷到底是什么走向？一会儿改革，一会儿保守，真让人摸不清头脑。可是，回过头来一想，自己也是局中人，也曾经当局者迷。既然如此，为什么不能跳出纷争，更达观一些呢？这就是宋朝人的理性。这种理性，不仅属于朱熹这样的哲人，也属于苏轼这样的诗人。

这首诗讲了哪些内容呢？

1. 苏轼有哪"三绝"？

2. 怎样理解"横看成岭侧成峰，远近高低各不同"？

3. 宋诗和唐诗有什么不一样？

《惠崇春江晚景》

惠崇不是名字，而是和尚的法号。也就是说，诗题里的这位惠崇是个僧人。但是，他又不只是个僧人，他还是个诗人。自从魏晋南北朝以来，中国的文人和僧人一向大有渊源。好多诗人都信仰佛教，王维甚至号称"诗佛"；同样，好多僧人也都擅长诗文，号称"诗僧"。

北宋初年，有九位僧人都以写诗出名，惠崇是九僧之首，写过好多山水诗，很受欧阳修等大诗人的推崇。另外，他还是位画家，擅长画鹅、雁、鹭鸶（lù sī）这类水鸟，更擅画小景。什么是小景呢？所谓小景就是局部风景。不是连绵的山脉，而是峰峦的一角；不是万里江河，而是江河的一小段。《春江晚景》其实也是小景，画的是长江流域仲春时节的风景。当时惠崇画了两幅，一幅是《鸭戏图》，画寒鸭戏水；另一幅是《归雁图》，画大雁北归，都非常传神。

那么，惠崇跟苏轼又是什么关系呢？惠崇生活的年代比苏轼早，他去世的时候，苏轼还没有出生。但是，苏轼本身既是诗人，也是画家，对这位前辈非常推崇，于是，就给他这两幅《春江晚景》分别题了诗。我们今天讲的这一首，是给《鸭戏图》题的诗，也就是说，这是一首题画诗。

题画诗有什么特点呢？第一，题画诗要就事论事。人家画什么，你就得写什么，不能脱离画作，随意发挥。第二，题画诗还得借题发挥。按照古人的说法，就是"画之不足，题以发之"，不仅仅要给画作说明，还得写出画之外的韵味来。这首《惠崇春江晚景》就是典范。

竹外桃花三两枝，春江水暖鸭先知。
萎蒿满地芦芽短，正是河豚欲上时。

这首诗谈不上什么特定的知识点，只想跟大家说点儿河豚的习性。河豚是一种鱼，肉味鲜美，但是卵巢和肝脏有剧毒。它平时生活在沿海，每年春天都要逆江而上，在淡水中产卵。所以，诗里说"河豚欲上"，不是从水下浮上水面，而是溯江而上的意思。

这首诗怎么翻译呢？

竹林之外，桃花刚刚开了两三枝；春江水暖，戏水的鸭子最先察知。

河滩上萎蒿满地，芦苇开始抽芽；河豚逆流而上，从大海回到长江，也正在此时。

这首诗取景典型，而又虚实结合，写得妙趣横生。

先说取景典型。这首诗既然叫作《惠崇春江晚景》，写的自然是春天的景色。春天又分孟、仲、季三春，这首诗究竟在写哪一春呢？最像是仲春。为什么不是孟春？因为孟春乍暖还寒，应该是"草色遥看近却无"（韩愈《早春呈水部张十八员外二首》其一）。诗中已经是"蒌蒿满地"了，想来不是早春。那为什么不是季春呢？因为季春春色将阑，应该是"杨花榆荚无才思，惟解漫天作雪飞"（韩愈《晚春》），花都开败了，只剩下杨花还在漫天飞舞。这首诗中还有桃花绽放，显然也不是晚春。

既不是早春，也不是晚春，那自然就是仲春，而且是仲春偏早的时候，怎么体现出来的呢？通篇其实都有体现，但最经典的是"三两枝"和"芦芽短"两处。"三两枝"意味着什么？意味着桃花开了，但是还开得不盛。等到开得盛了，那就是"桃之夭夭，灼灼其华"，不是"竹外桃花三两枝"了。同样，"芦芽短"也是如此。等到再晚一些，芦芽就会长成长长的芦苇了。"竹外桃花三两枝"和"蒌蒿满地芦芽短"就是最经典的仲春景色，绿色的竹林外透出几点桃红，黄色的芦苇丛冒出了嫩绿的新芽，真是无限娇美，无限生机。这也是中国文人最喜欢的审美原则，花半开，酒微醺，正是我们心目中春天的样子。

再看虚实结合。这首诗中，哪些是画里真实存在的？恰恰就是我们刚才说的"竹外桃花三两枝"和"蒌蒿满地芦芽短"。这翠竹与桃花、蒌蒿与芦芽，是画里一定会画出来的。我们刚才说它取景典型，不光是在称颂苏轼，也是在称颂惠崇。这两个人一下子就抓住了仲春的精华，这就是实的部分。那哪些又是虚的呢？"春江水暖鸭先知"是半实半虚，"正是河豚欲上时"就全然是虚的了。

为什么说"春江水暖鸭先知"半实半虚呢？它实的部分是江水和鸭子。可以想象，画里一定画着一江春水，水中也一定会有一两只或者一群嬉戏的鸭子。既然如此，为什么又说它是虚的呢？这句诗虚在一个"暖"字上。暖是一种触觉，一幅画可以画出江水，可以画出鸭子。但是，它怎么可能画出"暖"来呢？这就是虚的。仔细想想，这"暖"字用得好不好？真是好。生活在大自然中的动物对自然的变化最敏感了，江水温度升高了一度半度，我们人类可能感觉不到，但是，水陆两栖的鸭子必定知道。所以，它们才会"扑通"跳下水去，在水里自由嬉戏了。还有什么比"春江水暖鸭先知"更能透露出春天的温暖与蓬勃呢！所以，这一句诗不仅把春天写活了，它还不知不觉地生发出一个哲理：只有身处其中的人，才能通过最微小的变化来把握大方向。比如这几年，我们国家越来越重视传统文化，连带出版社都加印了好多版《唐诗三百首》，这也叫"春江水暖鸭先知"。

再看"正是河豚欲上时"。如果说"春江水暖鸭先知"是半虚半实，这句"正是河豚欲上时"就纯粹是虚的了。为什么呢？因为"欲上"就是还没上，既然还没上，肯定就不可能出现在惠崇的画里，而只能是出现在苏轼的想象中。问题是，既然惠崇没画，为什么苏东坡会想象出河豚来呢？大概因为苏东坡是个老饕（tāo），而蒌蒿、芦芽炖河豚，是当时的一道名菜吧。

苏轼有一个学生叫张耒（lěi），写过一本《明道杂志》，专记当时的文人逸事和社会风俗。根据《明道杂志》的记载，长江一带土人食河豚，"但用蒌蒿、荻（dí）笋（芦芽）、菘（sōng）菜三物"烹煮，最为可口。苏东坡是个美食家，一定熟悉这道佳肴。看看画上，蒌蒿也有了，芦芽也有了，他不由自主地脑补出了肥美的河豚，此刻春江水暖，蒌蒿满地，河豚也应该逆流而上了吧？就这样，一句"正是河豚欲上时"就脱口而出了。加上这句神脑补，多有动感，多有灵气！

虚实结合好在哪里呢？我们之前说，题画诗一定要就事论事，人家画什么你写什么，这就是实的部分。但是，在就事论事的基础上，题画诗也一定要借题发挥，这就是虚的部分。有了这虚的部分，题画诗才能真的有诗意。就像"春江水暖鸭先知"和"正是河豚欲上时"这两句，不仅把春色写出来了，也把春意写出来了。这春意既存在于惠崇的心里，也存在于苏东坡的心里，它还存在于我们每个人的心里。所以，今天我们虽然看不到惠崇这幅画了，但是我们还能通过苏东坡的诗体味到当时的春意，这就是虚实结合的力量。

我为什么要给大家选这首诗呢？我想用它来代表宋朝的文人气质。宋朝是一个著名的文质彬彬的时代。什么叫文质彬彬？其实就是像苏东坡这样，精神上讲究，生活上也讲究。因为精神上讲究，所以他对什么都有兴趣，不仅会做官，还会写诗，会画画，内心非常充盈。其实，不仅苏东坡如此，惠崇也如此，当时好多的文人、僧人都如此，这才让北宋的文坛特别繁荣，精神也特别活泼。

又因为生活上讲究，他才能活得那么有滋有味。苏东坡为什么能从"蒌蒿满地芦芽短"联想到"正是河豚欲上时"？因为他是美食家。有一个很有名的故事，就是讲他跟河豚的渊源。据说苏轼谪（zhé）居常州时，就爱吃河豚。有一位士大夫家烹制河豚有独到之处，想请大名鼎鼎的苏学士尝一尝，苏东坡当然满口答应。这么妇孺皆知的大名士能到家里来，士大夫的家人都很兴奋。苏轼吃河豚时，他们都躲在屏风后面，想听听苏学士如何品评他们精心准备的这道名菜。可是，一顿饭下来，苏轼只是埋头大吃，一句话都没说。正当这一家人失望之际，已经酒足饭饱的苏东坡又狠狠地夹了一大口河豚，口中喃喃说道："也值得一死！"这家人忍不住哄堂大笑。

这个小故事说明了什么？正说明当时人对美好生活的追求。这种对精神和物质的双重追求，也正是宋朝全盛时期的特点，它不像唐朝那么威武雄壮，而是温柔细腻，透露出一种富足年代的风雅，让人留恋不已。

这首诗讲了哪些内容呢？

1. 什么叫题画诗？题画诗有哪些特点？
2. 你理解"虚实结合"的写法了吗？
3. 宋朝是一个怎样的朝代？
4. 如果穿越到宋朝，你会和苏轼交朋友吗，为什么？

《夏日绝句》

这首诗的作者是女词人李清照。好多人一看李清照，都会觉得不可思议。李清照不是婉约词派的代表人物吗？比如我们都知道的《如梦令》："昨夜雨疏风骤，浓睡不消残酒。试问卷帘人，——却道'海棠依旧'。知否，知否？应是绿肥红瘦！"那是何等的玲珑俏丽！她怎么会写如此壮怀激烈的诗呢？其实，这样截然相反的诗词风格，恰恰反映了李清照的文学主张。她认为，诗是写大事件，抒发大情怀的；而词是写个人感受，抒发小心情的。所以诗应该雄健，而词应该婉约。那么，这首诗抒发了什么样的大情怀呢？用一个词形容，就是国仇家恨。

先看国仇。所谓国仇，是中国历史上的一个大事件，叫"靖康之变"。北宋建国之后，一直在跟少数民族打仗，先是跟辽朝打、跟西夏打，还都能勉强支撑，但是，到了北宋末年，东北地区崛起了一个新的少数民族——女真，他们建立了一个新政权，叫金朝。金朝刚刚崛起的时候，北宋还挺高兴，想要跟金朝一起，南北夹击，把老对头辽朝灭

掉。可是没想到，金朝跟北宋联手灭了辽朝之后，并没有收手，而是再度挥师南下，一举攻破了北宋的都城汴（biàn）梁（今河南开封），俘虏了宋徽宗、宋钦宗父子，把后宫、宗室、大臣、工匠、普通百姓等十几万人押解到了北方。因为这件事发生在宋钦宗靖康年间，所以历史上称之为"靖康之变"。

岳飞《满江红》里写道："靖康耻，犹未雪。臣子恨，何时灭！"说的就是这件事。不过，"靖康之变"虽然俘虏了宋徽宗和宋钦宗，但是并没有完全灭亡宋朝。宋徽宗有一个儿子叫赵构，当时不在东京汴梁，所以没有被俘虏。徽、钦二帝被俘之后，他登基当了皇帝，重建宋朝，历史上称为南宋。不过，南宋虽然建立了，但是在政治上特别软弱，他们只顾逃跑，先跑过淮河，再跑过长江，完全把中原抛在了脑后，让中原的老百姓特别失望，这是国仇。

再看家恨。李清照的家恨，来自她的丈夫赵明诚。很多人都知道，李清照和赵明诚是一对神仙伴侣。有一个典故叫"赌书泼茶"，讲的就是他们之间的故事。赵明诚和李清照都是读书人，特别风雅。每天晚饭之后，他们都会闲坐烹茶。一杯茶烹好了，由谁先喝呢？那要用比赛的方式决定。怎么比呢？一个人随口说一个典故，另一个人回答，这个典故记载在哪本书，哪一卷，第几页，第几行，当场查验，说对了才能喝茶。李清照的记性比赵明诚好，所以总能赢。可是，她是个豪爽的人，赢了之后会哈哈大笑，往往一杯茶没喝到嘴里，反倒泼在了衣服上。这就是"赌书泼茶"的来历。

既然是佳偶，怎么又有家恨呢？因为赵明诚虽然风雅，但也怯懦。当时皇室南渡，赵明诚也到了南方，担任江宁知府，相当于如今的南京市市长。有一天夜里，驻守江宁的武官发动叛乱，赵明诚不仅没有指挥平叛，反倒连夜用绳子缒下城墙逃跑了。这种临阵脱逃的行为，根本不像一个男子汉大丈夫，让李清照非常失望，这是家恨。

就在这国仇家恨之中，李清照随赵明诚到湖州赴任。从建康到湖州要经过乌江，也就是当年项羽自刎的地方，李清照身临其境，感慨万千，这才写下这首著名的怀古诗。

生当作人杰，死亦为鬼雄。

至今思项羽，不肯过江东。

先看知识点。这首诗的知识点其实就是三个典故。

第一，"人杰"。人杰可以简单解释为人中的豪杰，出自西汉初年，汉高祖刘邦的一段名言："夫运筹帷幄之中，决胜千里之外，吾不如子房；镇国家，抚百姓，给馈饷，不绝粮道，吾不如萧何；连百万之众，战必胜，攻必取，吾不如韩信。三者皆人杰也，吾能用之，此吾所以取天下也。"（《资治通鉴·汉纪》）

第二，"鬼雄"。鬼雄就是鬼中的英雄，出自屈原的《九歌·国殇》："身既死兮神以灵，子魂魄兮为鬼雄！"

第三，"不肯过江东"。这里用的是楚汉战争中项羽的典故。当年，项羽兵败垓（gāi）下，逃到乌江，已经是走投无路。紧要关头，乌江亭亭长划着小船出现了。他对项羽说："江东虽小，地方千里，大王到那边，未必不能东山再起。请大王赶紧过江吧！"项羽是怎么回答的呢？他说："我与八千江东子弟过江，如今就剩下我一个人回去，就算江东父老可怜我，我还有什么面目再见江东父老呢！"说罢，自刎而死。这就是"不肯过江东"的出处。

知道了这些知识点，这首诗怎么翻译呢？

活着的时候要当人中豪杰，即便死了也要做鬼中的英雄。

直到如今人们还怀念项羽，怀念他宁死也不肯渡过乌江，回到江东。

这首诗短小精悍，却又慷慨激昂，借古讽今。

我们之前讲过，怀古诗是有套路的，一般都是临古地，思古人，论古事，抒己怀。对于这首诗来说，古地是乌江亭，古人是项羽，古事是不肯过江东，自己的感慨是"生当作人杰，死亦为鬼雄"。这是正常顺序。

可是，李清照不这么写。她把顺序颠倒过来了，一上来就是"生当作人杰，死亦为鬼雄"。这两句诗，也是两句宣言。这宣言斩钉截铁，一点儿都不留余地。是个人就得有人的样子，无论是生是死，都应该是个英雄。一下子，李清照的人生态度就写出来了。这态度大义凛然，不容置疑，让人一听就觉得震撼。问题是，这样的议论是针对什么事而发的呢？后两句再给出事由："至今思项羽，不肯过江东。"原来，诗人是针对项羽乌江自刎这件事有感而发的。

项羽活着的时候是不是英雄？当然是。当年，他破釜沉舟，大破秦军主力，这样的英雄业绩，谁不敬仰！这就是"生当作人杰"。但是，更让诗人佩服的，不是项羽的生，而是项羽的死。项羽是怎么死的？他是自刎而死。他不是没有退路，乌江亭的亭长已经把小船准备好了，但是，他不肯走。他当年是带了八千江东子弟出来的，现在一个人回去，还有何面目再见江东父老！所以，项羽宁可自杀，也不肯过江。这"不肯"两个字，一下子就把项羽的英雄形象刻画出来了。所谓不肯，就是非不能也，是不为也。这里既有士可杀不可辱的气概，更有不肯苟且偷生的良心。有这样的良心和气概，即便是做了鬼，也照样是英雄。项羽"不肯过江东"，不正是对"生当作人杰，死亦为鬼雄"的最好注解吗？所以说，这首诗，起得有气概，收得有分量，这就是慷慨激昂，直指人心。

借古讽今又在哪里呢？在"至今思项羽"的"至今"两个字上。为什么如今想起项羽来？不仅仅是因为到了乌江亭，更因为今天的时局。如今是什么样子呢？朝廷是苟且偷生，只知道逃跑；自己的丈夫呢？也是苟且偷生，只知道逃跑。极目四望，哪里还有项羽那样的英雄肝胆，哪里还有"不肯过江东"的人呢！一个"至今"，一下子就把历史和现实联系起来，也一下子就把诗人对今天的失望和不满表达出来了。这就是借古讽今，让这首诗不仅慷慨，而且深沉。有这样的气节，我们就知道，李清照不仅是个婉约词人，更是个巾帼英雄。

讲到这里，有没有人想到杜牧的《题乌江亭》？"胜败兵家事不期，包羞忍耻是男儿。江东子弟多才俊，卷土重来未可知。"胜败本来就是兵家常事，能够忍辱负重，才是真正的男儿。江东子弟人才济济，如果渡过长江招兵买马，卷土重来也未为可知。

这两首诗的立场，是不是刚好相反？李清照说，项羽不肯过江东，所以是英雄；而杜牧说，项羽如果是个男子汉，就应该过江，等待卷土重来。为什么杜牧和李清照的立场如此不同？那是因为两个人处境不一样。杜牧身处晚唐，虽然朝政败坏，但是毕竟没有亡国。杜牧是个有雄心的人，他希望朝廷能够振作，选贤任能，"卷土重来"。这种心情投射到项羽身上，就是"江东子弟多才俊，卷土重来未可知"。可是李清照不同，她身处北宋亡国之际，眼睛里看到的是朝廷只顾逃跑，老百姓流离失所。在这种情况下，她希望皇帝也罢，官员也罢，能够有点儿热血，不要一味贪生怕死。这样的心情投射到项羽身上，就是"至今思项羽，不肯过江东"。换句话说，杜牧强调的是心胸，而李清照强调的是气节。这样一来，我们也就明白了，杜牧和李清照，没有谁对谁错，就像心胸和气节没有谁对谁错一样。他们是不同的历史时代、不同情境与立场的思想者，各自闪烁着独特的光芒。

这首诗讲了哪些内容呢？

1. 李清照是怎么理解诗和词的？

2. "靖康之变"是怎么回事？

3. 为什么杜牧和李清照对项羽"自刎乌江"有不同的立场？

《四时田园杂兴》（其三十一）

《四时田园杂兴》，是南宋诗人范成大告老还乡之后写下的一组田园诗。

范成大是南宋非常重要的大臣，他进士出身，出使过金国，当过副宰相，政绩卓著。但在告老还乡之后，他却能放下身段，安然度过十年的乡村生活，并且写出了这组真正反映中国古代农村生活的田园诗。这一组田园诗，分成春日、晚春、夏日、秋日、冬日五个部分，每一部分十二首诗，合起来就是六十首。按照季节的变化讲田园风光和农民生活，写得真真切切，栩栩如生。

我们选的这一首，属于《夏日田园杂兴》中的第七首，按《四时田园杂兴》的总排行，就是第三十一首。

昼出耘田夜绩麻，村庄儿女各当家。

童孙未解供耕织，也傍桑阴学种瓜。

这首诗的知识点就是不同种类的农村劳动。

什么是"耘田"？"耘"是"耒"字旁，而耒是古代的一种翻土工具，上头是一个长柄，下面是翻土的木叉。按照古代造字的原则，"耒"字旁的字一般都跟农具有关，或者跟耕作有关。比如耕田的耕，就是用犁翻土的意思，那是播种之前必须要做的事，是春天的活儿。"耘田"的"耘"呢，就是除草的意思，这是在秧苗长出来之后才会有的工作，是夏天的活儿。

什么又是"绩麻"呢？"绩"的左边是"糸"字，本义是细丝，现在简化成绞丝旁。按照造字的原则，绞丝旁的字都跟纺织相关。"绩"字的意思就是把麻搓成线。有了麻线，才能织布，所以，"绩麻"是织布的前期工作。可能有人会好奇，为什么是绩麻而不是纺棉花呢？因为南宋时代，棉花还不普及，中原内地只有丝绸和麻布。丝绸昂贵而麻布普通，"绩麻"是妇女劳动的主要内容。

再说一个动词——"供"。"供"是从事、参与的意思。比如，我们经常说的"供职"，意思就是从事某种职业。

有了这些知识点，这首诗怎么翻译呢？

　　　　白天除草，晚上搓麻。农家男女都各司其职，立业当家。
　　　　小小孙儿还不懂得耕田织布，却也学着大人在桑树荫下种植甜瓜。

这是一首真正的田园诗，把农家生活的季节感写得特点鲜明，把农村的家庭分工也写得栩栩如生。

先说季节感。 这首诗属于《夏日田园杂兴》，哪里能看出是夏天呢？诗里一共提到了三种劳动，恰恰都是农村夏天特有的劳动。第一种，耘田。中国古代讲究春耕、夏耘、秋收、冬藏，耘田正是夏天的农活儿。第二种，绩麻。在江南，头茬苎（zhù）麻都在芒种前收割完毕，芒种是夏天的第三个节气，所以绩麻也是夏天的工作。第三种，种瓜。中国有句民谚叫作"**谷雨前后，种瓜点豆**"，谷雨是春天最后一个节气，所以，种瓜也是春末夏初的农活儿。诗人把这三种最经典的劳动搭在一起，马上农村的夏日风情便扑面而来，这就是鲜明的季节感。

再说家庭分工。 在中国古代，经典的小农家庭又被称作"五口之家"。这五口是怎么构成的呢？不是只有丈夫和妻子，也不是丈夫、妻子和儿女，中国传统文化最讲孝道和传承，所以理想的家庭形态应该包含三代人：爷爷奶奶、爸爸妈妈，还有一个小孙儿。一家之中有老有小，有男有女，这才是和谐有序。

这样的五口之家，要想把日子过好，最重要的原则就是所有的家庭成员各司其职，每个人都能找到自己的位置。这种各司其职，在诗里是怎么表现的呢？

先看前两句，"昼出耘田夜绩麻，村庄儿女各当家"。看到"儿女"这两个字，我们就会意识到了，这是谁的视角？这是老一辈的视角，也就是老爷爷的视角。他没从自己说起，也没从孙子说起，而是一上来就把镜头直接对准了五口之家的顶梁柱——一对成年夫妻。昼出耘田的是丈夫，他是田里的壮劳力，一家人吃饭都要靠他的劳动。他总是日出而作，日落而息。"锄禾日当午，汗滴禾下土"，是他的本分。夜绩麻的是妻子，她是主妇，要照顾一家老小的生活。白天她围着一家人转，时间是零碎的，只有到了晚上，一家老小都安顿好了，她才能挤出来一点儿整段的时间。这段时间太宝贵了，赶快坐下来绩麻吧，毕竟，一家人的衣服，都要靠她的一双手啊。这就是"昼出耘田夜绩麻，村庄儿女各当家"。男耕女织的性别分工写出来了，从早到晚的劳动内容写出来了，当家做主的责任感也写出来了。五口之家的重任，其实就在这对成年夫妇的肩上，抬眼是年迈的父母，俯首是稚嫩的儿女，自己辛苦劳动，顶门立户，不是理所当然的吗？

中间一辈的情况写出来了，那一老一小又如何呢？看后两句，"童孙未解供耕织，也傍桑阴学种瓜"。在我们中国人的观念里，个人不是一切，个人只是整个家族链条中的一个环节。这链条的一头是祖宗，另一头则是子孙。现在，这个家族的未来——童孙出现了。他还那么小，既不懂得耕，也不懂得织。但他是看着父母背影长大的农家子弟，他就算是玩儿，玩儿的也是农家的游戏。就说此刻吧，他在干什么？他正在桑树的阴凉底下，磕磕绊绊地学着刨坑撒子，要种几棵瓜呢！这个小小童孙，真是全诗的一个亮点。亮在哪里？亮在"学种瓜"这三个字上。就像文人的孩子学诗书，武将的孩子学枪棒一样，一个农家子弟，自小就学着农家的活计，谷雨前后，种瓜点豆，这不就是耳濡目染的传承吗？

另外，借着"学种瓜"三个字，隐藏在背后的老一辈也被带了出来。这小孩子跟谁学种瓜？虽然诗人没说，但我们从"童孙"这一称谓上就知道，他是跟着爷爷学呢。五口之家，祖孙三代，儿子媳妇都忙着养家糊口，爷爷奶奶也没闲着呀。他们体力不如年轻人，干不了重活儿了，但是就这么带着孙子玩笑着，生产经验传授了，生活经验传授了，规矩礼法也都传授了。家族的链条就这样绵延下去，这不就是最甜美的场景吗？

这首诗好就好在这里，每个人都有自己的位置，每个人都有自己的价值。而且，这位置是相互配合的，这价值也是相互成就的，夫妻搭配着，吃也有了，穿也有了；祖孙搭配着，慈爱也有了，训导也有了；一家三代人搭配着，"老有所终，壮有所用，幼有所长"。这是多么理想的田园世界啊！

范成大这一首诗，不仅把农村生活的季节性写活了，也把中国人传统的家庭生活写活了，这才是真正的田园诗。

可以想象，再过十年八年，这个家庭会变成什么样子呢？那一定是辛弃疾的《清平乐·村居》里的场景了："茅檐低小，溪上青青草。醉里吴音相媚好，白发谁家翁媪。大儿锄豆溪东，中儿正织鸡笼。最喜小儿无赖，溪头卧剥莲蓬。"随着时间的推移，老一代故去了。可是，孩子们又成长起来。原来那个"也傍桑阴学种瓜"的孩子，现在长成了"锄豆溪东"的老大，顺利地接了爸爸的班。紧跟着他，老二也懂事了，此刻正给妈妈养的那群小鸡织鸡笼。只剩老三还小，此刻正躺在溪头那块大青石上剥莲蓬吃。看看眼前这三个孩子，那对曾经"昼出耘田夜绩麻"，累弯了腰，也累白了头的夫妻笑了。此刻他们也上了一点儿年纪，生活的重担逐渐转移到孩子们身上。干点儿什么好呢？"醉里吴音相媚好，白发谁家翁媪"。他们温一壶酒，小酌起来，真是神仙一样的日子呀！

之前我们讲过孟浩然的《过故人庄》。在那首诗里，诗人种没种田？他没种。他只是"把酒话桑麻"，他的田园诗还带着贵族的趣味，是看别人种田；他的心态，也终究是外在的。

但是，范成大这首诗不一样。他的田园诗，有一种特有的参与感，带着真正的乡土气息。所以，很多人都认为，如果说陶渊明是田园诗的开创者，那么，范成大就是田园诗的集大成者，后世再写田园诗，范成大就成了新标杆。

我给大家选这首诗，是想用它来代表宋朝的农村生活。在富裕而温文的宋代，耕读传家成了中国人最理想的生活方式，这种生活方式既有保障，又有希望。当年，南宋小朝廷能够在金朝的巨大压力下保持社会的活力，这种生活方式功不可没。

这首诗讲了哪些内容呢？

1. 这首诗讲了哪三种农业劳动？
2. 中国古代的家庭结构和家庭生活，与你的家庭一样吗？

《春日》

朱熹是南宋著名的理学家，也是对中国儒学发展做出巨大贡献的人。中国儒学的发展，前期有孔子，是儒家的开创者；后期有朱子，是儒学的集大成者。朱熹在中国思想史上的地位无人质疑，但是很多人不知道，朱熹还是一位诗人，在《全宋诗》里，朱熹留下的诗作有一千多首，比李白还多。在这一千多首诗中，最脍炙人口的，应该就是这首《春日》。

胜日寻芳泗水滨，无边光景一时新。

等闲识得东风面，万紫千红总是春。

先看知识点。

第一，"胜日"。所谓胜日，就是好日子，也就是春天那种风和日丽的大晴天。

第二，"等闲"。"等闲"就是随便，寻常。比如，毛主席的七律《长

征》："红军不怕远征难，万水千山只等闲。"这个"等闲"也指寻常。

第三，"东风面"。"东风"就是春风。我们中国是温带季风性气候，春天刮东风，夏天刮南风，秋天刮西风，冬天刮北风。在诗词里，经常会用东、南、西、北四个方向的风来代表一年四季。比如，"熏风自南来，殿阁生微凉"（柳公权《夏日联句》），那是夏天的光景；"古道西风瘦马"（马致远《天净沙·秋思》），一定是秋天；而"一夜北风紧，开门雪尚飘"（曹雪芹《红楼梦》），自然是冬天。同样，这句"等闲识得东风面"指的就是春天。问题是，用"东风"就罢了，为什么还要说"东风面"呢？春天又不是人，怎么会有脸呢？这里是拟人的用法，所谓"东风面"，也就是春天的模样。

知道了这些知识点，这首诗怎么翻译呢？

风和日丽的好日子，我寻芳来到泗水之滨；这里无边无际的春光让人耳目一新。

任何人随随便便就能认出春天的模样，那到处盛开着的万紫千红就是新春。

这首诗的好处，第一是大处着眼；第二是即物说理。

先说大处着眼。 这首诗的题目是《春日》，所谓春日，就是春天。春天的景致怎么写呢？有些诗人是从微观入手。比如，韩愈的"天街小雨润如酥，草色遥看近却无"（《早春呈水部张十八员外二首》其一），是从小草入手；刘方平的"今夜偏知春气暖，虫声新透绿窗纱"（《月夜》），是从小虫入手；杜甫的"两个黄鹂鸣翠柳，一行白鹭上青天"

（《绝句四首》其三），是从小鸟入手。那朱熹怎么写呢？朱熹不是从微观入手，而是大处着眼，直接写大场面。

怎样才是大处着眼？看前两句，"胜日寻芳泗水滨，无边光景一时新"。"胜日"就是好日子，既然天气好，诗人也就起了游兴，要去寻芳了。到哪儿去寻芳呢？古人讲究春水秋山，春天的景致，就是要在水边才最为明媚，所以，诗人寻芳的地点就选在了泗水之滨。这就是"胜日寻芳泗水滨"，一句诗，七个字，把时间、地点和主题都点出来了。

那么，在春日的泗水之滨，诗人看到了什么呢？第二句，"无边光景一时新"，从天上到地下，从山光到水色，一下子，全都旧貌换新颜。大家注意到没有？朱熹没有写花，没有写草，他没有写任何一个具体的东西，而是拉开一个全景镜头。因为春天的到来，这无边的光景一下子都变得焕然一新了。我们能不能找到这种感觉？当然可以。闭着眼睛想象一下，春天是什么样子的？你不见得能说得出那么多细节，但是，你会有一种感觉，硬的一下子变软了，暗的一下子变亮了，黑白照片一下子变成了彩色图画，一切都仿佛活了起来。这不就是"无边光景一时新"吗？这种整体感受，就是大处着眼。

诗人是来"寻芳"的，他寻到没有呢？看后两句，"等闲识得东风面，万紫千红总是春"。一个"识得"，让我们知道，他寻到了。按照诗人的说法，我一下子就认出东风那张脸了！这张脸有什么特征呀？不是大眼睛，也不是小嘴巴，而是"万紫千红总是春"。所谓万紫千红，那就不是任何一棵草，不是任何一枝花，也不是任何一种具体的颜色，而是所有的花都开了，所有的色彩都绽放了，这才是春天的样子。大家想想，这个拟人的用法多么形象，这个模样的春天，又是多么鲜亮，多么蓬勃啊！这"万紫千红总是春"跟"无边光景一时新"一样，还是大处着眼。大处着眼的好处是什么？是大气象、大场面、大格局，能够营造一种整体性的效果。

再看即物说理。诗人真的只是在写春天的风景吗？又不是。这其实是一首说理诗。怎么看出来的呢？因为诗人在第一句已经给我们卖了一个破绽。这破绽，就在"泗水滨"三个字上。泗水在哪里？泗水在山东，是一条北方的河。而朱熹是南宋人。当时，南宋和金朝以淮河为界，淮河以北属于金朝，淮河以南属于南宋。也就是说，朱熹春游，是万万到不了泗水之滨的。既然如此，他为什么要写"胜日寻芳泗水滨"呢？因为这泗水可不是一般的河，它在春秋时期属于鲁国，是孔子的家乡，也是儒家文化的发祥地。当年孔子居于洙泗之上，在这里传道授业，弦歌不辍，这是儒家历史上最引人入胜的盛事。朱熹作为理学家，对这样的场景特别向往。可是，当时的泗水已经落入金朝手中，按照南宋词人张孝祥的说法，是"洙泗上，弦歌地，亦膻腥"（《六州歌头·长淮望断》）了。

朱熹无法亲临泗水，但是他的心始终在这里，他愿意在精神上追寻孔孟遗宗，这才是真正的"胜日寻芳泗水滨"。也就是说，他是在神游泗水，到这儒家精神的发源地来追寻圣人之道。那么，"圣人出，儒学兴"，到底给社会带来怎样的变化呢？那正是"无边光景一时新"。也就是说，因为儒家思想的指引，整个世界，从至大到至小，都发生了翻天覆地的变化。中国古代人说，"天不生仲尼，万古如长夜"。如果没有孔子，没有儒学，古代中国就没有精神引领，人们就好像生活在暗沉沉的深夜；然而，一旦孔子开讲，儒学兴起，人们有了精神引领，黑夜一下子就变成了白天。这不就是"无边光景一时新"吗？

那么"等闲识得东风面，万紫千红总是春"，又怎么理解呢？所谓东风，指的是儒家的教化。儒家的教化就像浩荡的春风一样，一下子就催开了思想的花朵，让人心、让世界，都显示出了如春天般的勃勃生机，呈现出了如图画一样的万紫千红，这是多么动人的表达啊！

我们之前说过，**唐诗以情胜，宋诗以理胜**。但是，说理诗并不好写，一旦写不好就会让人觉得生硬，充满说教的味道。就比如这首诗吧，如果你说，自从有了孔子，中国人的精神面貌就出现了翻天覆地的变化。儒家学说就像春风，催开了思想的鲜花。是不是非常无趣？但是，朱熹这首《春日》并没有这样写。他一会儿用比喻，一会儿用拟人，把所有深奥的道理都包含在具体的形象之中，即使你不把它当成说理诗，它也仍然是一首充满活力的春日赞歌，而一旦你体会到他所说的道理，又会觉得这首游春诗的层次是那么丰富，剥开一层还有一层。能够这样情理兼具、收放自如的说理诗，才是真正的好诗。

我为什么要给大家选这首诗呢？其实是想通过它来讲南宋思想方面的伟大成就。如前所述，宋朝的特点是内盛而外弱。这个内盛，不仅仅是指老百姓生活富裕，文人情趣高雅，还指整个社会有思想引领。

两宋时期，传统的儒家学说出现了一个新的流派，叫作"理学"。**理学就是讲天理的学问，它号召所有人都学着做圣人。**怎么做呢？就是走格物、致知、诚意、正心、修身、齐家、治国、平天下的道路。这些思想对整个中国古代史后期，也就是宋元明清时代影响特别大，直到现在还深深地影响着我们的心灵。而朱熹这首诗其实就是在讲理学对人的影响，只要你心里装着儒家思想，你的心里就有万紫千红的春天。

这首诗讲了哪些内容呢？

1. 一年四季都刮什么风？你知道哪些写四季风的诗词？

2. 怎样写一首说理诗？

3. 理学是一种怎样的学问？

《过零丁洋》

文天祥是南宋的状元。**所谓状元，就是科举考试中最后一个环节——殿试的第一名。殿试是由皇帝主持的考试，所以，状元就是皇帝钦点的全国第一名。**可想而知，这是多大的荣誉！

中国古代科举考试仪式感特别强，每次发榜，新科状元都要站在宫殿前的鳌头上迎榜，这叫"**独占鳌头**"，独占鳌头之后，还要披红挂彩，跨马游街，真是风光无限。更重要的是，中了状元，也就走上了做官的快车道，不少人都能官至宰相。所以，直到今天，说起中状元，还是人人羡慕。

文天祥当年也享受过这样的荣耀，中状元，当宰相。但是，他用自己一生的经历告诉我们，做状元不仅仅是享受第一等的荣耀和第一等的权力，更是要承担第一等的责任，付出第一等的牺牲。这首《过零丁洋》就是明证。

诗题中的零丁洋，就在广东省的珠江口外，北起虎门，南到香港、

澳门。现在著名的港珠澳大桥就跨越在零丁洋上。文天祥是南宋的宰相，南宋的都城是临安，也就是今天的浙江杭州，文天祥为什么要过零丁洋呢？因为 1276 年，蒙古人建立的元朝挥师南下，攻破了南宋的都城，俘虏了南宋的皇帝，南宋基本上算是亡国了。但是，有十多万军民却不甘心亡国的命运，他们在文天祥等几个大臣的领导下，先后拥立了两个小皇帝，南下到福建、广东，坚持抵抗。可是元朝的军队太强大了，这些抵抗力量屡战屡败。到 1278 年，文天祥本人也被俘虏了。元朝人把他押到船上，经过零丁洋，送到崖山去。这时候，已经是 1279 年了。崖山的南宋遗民正在和元朝的军队进行最后一场殊死战斗。元朝人把文天祥押到崖山，是希望他能够招降坚持抵抗的陆秀夫、张世杰等人。

那么，文天祥是怎么回复元朝人的呢？他拿出来的，就是这首《过零丁洋》。

辛苦遭逢起一经，干戈寥落四周星。
山河破碎风飘絮，身世浮沉雨打萍。
惶恐滩头说惶恐，零丁洋里叹零丁。
人生自古谁无死，留取丹心照汗青！

先看知识点。

第一，"辛苦遭逢起一经"。所谓"遭逢"，就是遭遇；"起一经"，就是起自一本经书。中国古代的科举考试都要考儒家经典，文天祥既然是状元，肯定是经典念得好。所以他才说"辛苦遭逢起一经"，也就是说，我如今遭遇的种种艰难，都是因为我念通了一本经书啊。可能有人会想，文天祥这是不是在抱怨啊？这不是抱怨。要知道，中国的儒家经典就是讲如何做人的。

那到底要如何做人呢？孔曰"成仁"。孟曰"取义"。没有什么比仁义更重要的了。所以，必要的时候，人就要"杀身成仁，舍生取义"。什么叫念通了经书？并不是背下书中所有的字句，而是理解了经书的真正含义，并且亲身践行经书的教导。所以，"辛苦遭逢起一经"其实是在说，既然我学习了儒家经典，就必然会做出今天的选择。这不是抱怨，这其实是一种沉痛的宣誓：我知道，而且我愿意。

第二，"干戈寥落四周星"。所谓"干戈寥落"，是指战斗渐渐停止，而"四周星"，则是指四周年。文天祥从 1275 年开始起兵勤王，到 1278 年被俘，其间跨越了四个年头。这四年下来，抵抗的力量越来越微弱了，失败已是无法挽回。

第三，"惶恐滩"。"惶恐滩"是赣江中的一处险滩，原本叫"黄公滩"。当年，苏东坡贬谪广东，经过此滩，向当地人打问滩名，误把"黄公滩"听成了"惶恐滩"，还写下了"山忆喜欢劳远梦，地名惶恐泣孤臣"（《八月七日初入赣（gàn）过惶恐滩》）的名句。这首诗流传开来，"黄公滩"也就改成了"惶恐滩"。1277 年，文天祥在这里被元朝军队打败，妻子儿女都被俘虏。

第四，"汗青"。"汗青"指的是史册。古代没有发明纸之前，用竹简写字。要先将竹板刮去青皮，还要用火烤出水分来，让它变干，才方便写字。竹简烤火的时候，冒出来的水像出汗一样，所以竹简又叫"汗青"。因为竹简用于记载历史，所以后来汗青又泛指史册。

知道了这些知识点，这首诗怎么翻译呢？

如今艰难的遭遇全是因为我通晓儒经，经过四年苦战，我们的人马已逐渐零星。

山河破碎，好像狂风中飘零的柳絮；自身漂泊，好像被急雨打散的浮萍。

当年在惶恐滩头，我诉说着自己的惶恐；如今到零丁洋里，我又慨叹着身世的伶仃。

人生自古谁能长生不死？我要留下一颗忠君爱国的红心，照亮汗青。

这首诗好在哪里？好在情感的冲撞。悲能痛入骨髓，壮也能耸入云霄。

这首诗一共四联，前三联都在写悲，而且是一句悲自己，一句悲国家，情感交替上升。

先看首联，"辛苦遭逢起一经"悲谁？悲自己。因为通经而入仕，那就要践行儒家精神，拼死报效国家。"干戈寥落四周星"悲谁？悲国家。四年过去了，抵抗力量不是越来越大，而是越来越小，亡国已经不可避免。

再看颔联，"山河破碎风飘絮"悲谁？悲国家。山河破碎，有如被风撕扯着的柳絮。"身世浮沉雨打萍"悲谁？悲自己。命运沉浮，有如被暴雨击打着的浮萍。

再看颈联，"惶恐滩头说惶恐"悲谁？悲国家。当年，文天祥兵败惶恐滩，身为战将，国运所系，他岂能不惶恐！"零丁洋里叹零丁"悲谁？悲自己。此刻，文天祥已经成为阶下囚，老母妻儿也被俘虏，家人天各一方，他岂能不孤苦伶仃！一句自己，一句国家；一句国家，一句自己，真是悲从中来，悲不自胜。

但是，仅仅是一句国家、一句自己这样慨叹还不足以表达悲痛，这首诗之所以有力量，还有高超的技巧。什么技巧呢？

第一处，用"风飘絮"对"雨打萍"，动词用得好。柳絮本来就没有根，在天上纷纷扬扬，再遇狂风，岂不是更加飘零！浮萍本来就随波逐流，再遇暴雨，岂不是更加沉浮不定！所以，这"风飘""雨打"两个动词用得好，让人一下子产生了身临其境的动态感。

再看第二处，"惶恐滩头说惶恐，零丁洋里叹零丁"。一词两用，既是地名，又是心情。"惶恐滩"是不是地名？当然是地名，那是赣江十八滩之一，文天祥兵败的地方。可是，惶恐又恰恰反映了他当时不知所措的心情。"零丁洋"是不是地名？当然也是地名，是他当时正在漂浮的海面。然而，零丁也正反映他孤身一人，无依无靠的心情。"惶恐滩头说惶恐，零丁洋里叹零丁"，好像是信手拈来，其实是精心雕琢，这才将诗人悲痛的心情表现得淋漓尽致，痛入骨髓。

可是，悲情并不是这首诗的主旋律，这首诗最大的好处是情感的冲突——不仅有悲情，更有壮气。壮在哪里呢？在最后两句，"人生自古谁无死，留取丹心照汗青"。前面三联都写悲，心情已经悲到谷底了，可是，结尾一联，笔锋一转，忽然跳起来了。跳到哪里了呢？从现实跳到未来了。人谁不会死呢？失败者会死，胜利者也会死。我此刻是个失败者，可是，青史之中，必定留下我的铮铮铁骨，凛凛英风！

我们中国人是最重视历史的民族，一句"人生自古谁无死，留取丹心照汗青"，让所有的牺牲都有了最终的意义，之前的悲伤沉郁也一扫而光，只剩下一片豪迈洒脱的感情，收得大义凛然，气贯长虹。连元朝的将军看了之后都连连感慨："好人，好诗！"

我为什么讲这首诗？其实是想说，宋朝虽然军事力量薄弱，但并不是没有骨气。北宋末年，有李清照"生当作人杰，死亦为鬼雄"；南宋末年，有文天祥"人生自古谁无死，留取丹心照汗青"，这就是中华民族的精神风骨。一个人有了风骨，才会受人尊重；一个民族有了风骨，才有资格立于世界民族之林。

整个宋朝，一共讲了七首诗。我用《江上渔者》讲北宋官僚先忧后乐的情操，用《题西林壁》讲北宋文人的反思能力，用《惠崇春江晚景》讲北宋的文人雅趣，用《四时田园杂兴》讲南宋的农村生活，用《春日》讲南宋的思想成就，这些都反映了整个宋朝内盛的特点。此外，我用《夏日绝句》讲宋金战争，用《过零丁洋》讲宋元战争，这两首诗反映了宋朝外弱的特点，同时也反映了宋朝文人的风骨和气节。

这首诗讲了哪些内容呢？

1. 诗中的"零丁洋"，是现在的哪里呢？
2. 文天祥是在怎样的背景下写了这首《过零丁洋》的？

元 明 清

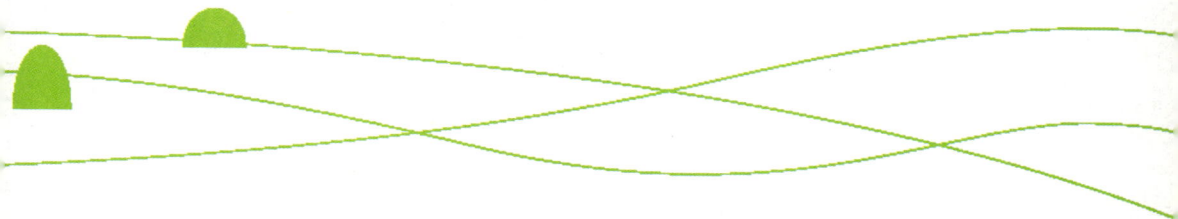

《上京即事五首》（其三）

这首诗的作者萨都剌是位少数民族诗人。到底是哪个少数民族呢？一般认为是回族。**回族是从元朝开始逐渐形成的民族。**萨都剌能够进入中国诗人的行列，写下这首诗，本身就跟元朝的时代特点密不可分。这个时代特点，就是民族的大迁徙、大融合。

大家都知道，元朝是蒙古人建立的政权。1206 年，成吉思汗统一蒙古高原；1271 年，忽必烈改国号为大元；1279 年，元灭南宋，统一中国。从 1206 年到 1279 年，中间隔了七十三年，这么长的时间，蒙古人在干什么呢？他们干了两件大事：第一件事是灭亡了南宋的老对头金朝；第二件事是进行了三次西征。这三次西征，横扫中亚、西亚和东欧，最远一直打到多瑙河畔。而且，随着这三次西征，他们也带回来一大批色目人。所谓色目，并不是说这些人都有彩色的眼睛，而是各色各目的意思，也就是说，这些人的民族、人种都非常复杂。不过，尽管来源复杂，但主体还是中亚、西亚一些信仰伊斯兰教的人。这些人因为归顺较早，比较受蒙古贵族的信任，被编进军队里，到处驻防。他们跟汉人通婚，这才逐渐形成了中国的回族。萨都剌就出身于一个这样的家庭。他的爷爷、爸爸都是色目军人，驻守在代州，萨都剌就出生在代州的雁门（在今山西代县）。不过，萨都剌虽然出身于军人家庭，但他从小就喜欢读书，长大后还考中了进士。考试的时候不是要填籍贯吗？萨都剌填的就是雁门。以后，人们都称他为"雁门才子"，他的诗集就叫《雁门集》。这就是元朝的时代特色。一方面，元朝是蒙古人建立的政权，疆域很大，民族也非常复杂；但另一方面，这些来自各个地区、各个民族的人到了中国，就在中国成长、在中国学文化、在中国做官，他们觉得自己就是一个中国人。我们也认为，他们就是中国人。这种大迁徙、大融合本身，既是元朝的特色，也体现了中国文化的魅力。

再看"上京即事"。元朝的都城在哪儿？很多人都会说是大都，也就是今天的北京。这么说并不算错，但是也不全面。为什么呢？因为中国一直是一个大国，国土面积非常大，而古代交通、通信都不发达，一个都城照顾不过来，所以往往实行两京制。比如，元代之前的唐朝，就有东、西两京，西京在长安，东都在洛阳。元代之后的明朝，则是南、北两京，就是今天的北京和南京。元朝更是如此，它一方面要管着草原，另一方面又统一了中原，领土比历史上任何时期都大，所以它也有南、北两座都城。在南边的都城是大都，就是今天的北京，北京地处中原，相对比较炎热，皇帝和官员冬天在这儿办公。在北边的都城叫上都，也叫上京，在北京的正北方，也就是今天内蒙古自治区锡林郭勒盟正蓝旗境内。这个地方属于草原，相对凉快，皇帝和官员们夏天就到这儿来避暑办公。所谓"上京即事"，写的就是诗人在上京见到的事情。

萨都剌当时一共写了五首诗，这是其中的第三首。

牛羊散漫落日下，野草生香乳酪甜。

卷地朔风沙似雪，家家行帐下毡帘。

先看知识点。这首诗的知识点就是一个词——"行帐"。所谓行帐，就是我们讲《敕勒歌》时候提到的穹庐，也就是如今的蒙古包。因为可以拆下来拉着走，适合游牧生活，所以又叫行帐。

知道了这个知识点，再看这首诗怎么翻译。

牛羊在落日下星星点点，空气中弥漫着野草的清香和乳酪的甘甜。

忽然间狂风大作，飞沙如雪，家家都赶紧躲进行帐，放下毡帘。

如果说范成大的《夏日田园杂兴》写农村生活写得亲切，那么，这首诗的好处就是写草原生活写得亲切。亲切在哪里呢？第一，特点鲜明；第二，情感亲切。

先看特点鲜明。 什么特点呢？草原特点。第一句"牛羊散漫落日下"，写没写到草原？当然写到了。太阳落山，东一群、西一群的牛羊都纷纷走回家里，这正是草原上最常见的景象，是视觉中的草原。第二句"野草生香乳酪甜"，有没有草原特点？当然有。牛羊归家，牧人们也该吃晚饭了，草原到处都弥漫着青草的芳香和奶酪的甘甜，这正是草原独有的气味，是嗅觉中的草原。这两句，活色生香，是真正的草原牧歌。

到第三句"卷地朔风沙似雪"，风景一下子变了，从宁静变成了狂暴。这狂暴里有没有草原特点？当然有。我们经常说"六月天，孩儿脸"。其实草原天，更是孩儿脸。刚刚还是那么甜美的黄昏呢，忽然间刮起一阵狂风，沙子都被卷到了空中，又打在人的身上、脸上，像下雪一样。唐朝诗人李贺不也写过"大漠沙如雪"（《马诗二十三首》其五）吗？只不过，李贺的诗是静态的，是月光下像雪一样的沙丘，而萨都剌的诗是动态的，是狂风吹起的沙砾像雪渣一样打着人的脸。可能有人会疑惑，这不是草原吗？怎么会有那么多沙子呢？因为草原本身就意味着降雨量少。如今你到内蒙古自治区看看吧，东边的大兴安岭地区水草丰美；到中部锡林郭勒盟一带，沙子就多了；再往西走，就干脆成了库布齐沙漠、巴丹吉林沙漠。一看这句"卷地朔风沙似雪"就知道，这才是真正在草原生活过的人写出来的诗，诗人知道，草原里不仅有草，还有沙子，这沙子会被风吹起来，像雪一样，打得人脸生疼。所以，这风沙骤起也是草原特色，是触觉中的草原。

那最后一句"家家行帐下毡帘"，有没有草原特点？仍然有。且不说那一个个的行帐本身就是草原特有的居住方式，单说"下毡帘"这个动作，就特别有草原风韵。如果在中原地区，起风了，我们怎么办？我们的反应一定是"关房门"。因为古代中原的房子都有木头门，这个门是可以开关的。但草原民族不一样。他们住在行帐之中，行帐是用毡子围成的，所谓的门就是一个毡帘。这帘不能开关，而是要卷上去，放下来。此刻狂风大作，飞沙走石，家家户户都赶紧放下毡帘来。这是什么？这是动作中的草原。

这四句诗，从视觉、嗅觉、触觉、动作等方方面面写草原，一下子就把草原的风光写活了。让我们知道，元朝的上京虽然是都城，但毕竟是草原上的都城，它跟内地那种由大街小巷、亭台楼阁构成的都城不一样，它还保留着那么自然的风光和那么古老的生活方式，这是多么不一样的感觉啊。而且，这四句诗前两句写宁静的场景，后两句写狂暴的场景，两相对比，一下子又把草原的性格写活了。草原之中，本来就蕴含着巨大的力量，要不，元朝怎么能够迅速崛起，横扫欧亚呢！这就是第一个好处，特点鲜明。

再看情感亲切。 我们之前讲唐诗宋词，写没写到过草原？当然写到过。但那是纯粹的中原人写草原、写塞外，往往感觉比较萧瑟。"回乐烽前沙似雪，受降城外月如霜"（李益《夜上受降城闻笛》）也罢，"北风卷地白草折，胡天八月即飞雪"（岑参《白雪歌送武判官归京》）也罢，都让人觉得那么冷，那么硬，让人心生怯意。但是，萨都剌不一样。他的家族本来就是沿着这片大草原一路走过来的，虽然已经定居在中原，但若再有机会回到草原，他的心情仍然是亲切的，充满着温情。所以他会写"野草生香乳酪甜"，这香和甜，都是发自内心的感觉；他也会写"家家行帐下毡帘"，这"下毡帘"是那么熟练的动作。这就跟我们之前讲《敕勒歌》一样，是自己人唱自己的歌，才会那么亲切自然，打动人心。

我为什么要给大家选这首诗呢？其实是想说，中国不是只有中原、只有汉族，中国还包括那么广阔的草原，包含着那么多的少数民族。元朝是第一个由少数民族建立的大一统政权，这个政权不仅仅扩大了中国的领土，也丰富了中国的精神，是我们国家形成的链条上不可或缺的一环。

这首诗讲了哪些内容呢？

1. 元朝的时代特点以及历史意义是什么？

2. 草原生活有哪些特点？

《石灰吟》

明朝有一个很有意思的特点：皇帝不给力，大臣有名气。明朝的皇帝，除了明太祖朱元璋和明成祖朱棣，剩下的都乏善可陈，不但没什么作为，反倒还经常闹笑话。有的皇帝好几十年不上朝（明世宗）；有的皇帝放着好好的皇帝不做，偏要自己封自己为大将军（明武宗）；还有的皇帝不怎么认识字，就喜欢干木匠活儿（明熹宗）。皇帝这么胡闹，为什么明朝还能传承二百七十多年？因为有好大臣替他们鞠躬尽瘁，死而后已。这里要跟大家分享的，就是著名忠臣于谦的七言绝句《石灰吟》：

千锤万凿出深山，烈火焚烧若等闲。
粉骨碎身浑不怕，要留清白在人间。

所谓"石灰吟"，就是吟咏石灰。咏花咏鸟也就罢了，石灰是建筑

材料，一点儿诗意都没有，怎么会有人咏石灰呢？其实在中国古代，不仅有人咏石灰，还有人咏木炭，咏什么的都有，而且，还发展出一个诗歌类型，就叫咏物诗。

咏物诗就是借着吟咏一个具体的事物，带出诗人自己的感情，体现诗人的人生态度。 也就是说，明里写物，暗里写人，借物抒情，托物言志。比如，大家都熟悉的白居易的"野火烧不尽，春风吹又生"（《赋得古原草送别》），那是把心情寄托在小草上；袁枚的"苔花如米小，也学牡丹开"（《苔》），那是把志气寄托在小花上；罗隐的"采得百花成蜜后，为谁辛苦为谁甜"（《蜂》），那是把牢骚寄托在小蜜蜂上；唐伯虎的"平生不敢轻言语，一叫千门万户开"（《画鸡》），那是把雄心寄托在大公鸡上。而这首《石灰吟》，则是把一腔心曲寄托在了石灰上。

那么，这首诗究竟怎么翻译呢？

经过千锤万凿才能把它开采出深山，烈火焚烧对它来说也只是等闲。

即使粉身碎骨它也毫不惧怕，一定要把一身清白留在人间。

这首诗完全符合咏物诗的写法，句句不离物，也句句不离人，物与人融为一体。

先说句句不离物。 咏物诗就得写出所咏之物的特性来，而这首诗正是如此。第一句"千锤万凿出深山"是在讲什么？讲石灰石的开采。第二句"烈火焚烧若等闲"是在讲什么？讲石灰石的冶炼。第三句"粉骨碎身浑不怕"，讲石灰石变成石灰粉的过程。第四句"要留清白在人间"，则是讲石灰最重要的特性——清白。每一句都跟石灰有关，每一句都在讲石灰的特性，这才是好的咏物诗。你甚至可以把它当成一个谜语猜，而且，谁都不会猜错。这就是句句不离物，把要吟咏的事物写活了。

再看句句不离人。咏物诗可不是物品说明书，它最重要的特征是托物言志。也就是说，物的背后必须得有人在。这首诗里有没有人？当然有，而且同样是句句都有。第一句"千锤万凿出深山"讲什么？讲一个人的成长经历。石灰石需要千锤万凿才能走出深山，一个人不是也需要千锤百炼才能脱颖而出吗？第二句"烈火焚烧若等闲"讲什么？讲一个人的社会历练。石灰石需要烈火焚烧才能褪去杂质，一个人也需要经历各种磨难，才能百炼成钢。第三句"粉骨碎身浑不怕"讲什么？讲人的牺牲精神。石灰石变成石灰，是粉身碎骨了，但是，它也体现了自身的价值。同样，一个人做大事，没有一点儿粉身碎骨的勇气怎么能行！举一个最简单的例子，我们现在知道地球自转、公转的原理，不也是伽利略这样的科学家粉身碎骨的结果吗？第四句"要留清白在人间"讲什么？讲人的精神追求。就像石灰最重要的特性是清白的颜色，一个人最宝贵的地方，恰恰就是清白的品格。正因为有了对清白的执着追求，一个人才会甘心忍受千锤百炼，也才愿意粉身碎骨，这是多么伟大的人格追求啊！而且，正是因为有这样坚定的追求，所以诗人才会写"烈火焚烧若等闲""粉骨碎身浑不怕"，这"若等闲"和"浑不怕"，又是何等豪迈，何等昂扬！

这样看来，诗中的石灰是什么？石灰其实就是诗人的象征。石灰的历练就是诗人的历练，石灰的性格就是诗人的性格。诗人和石灰融为一体，这就叫托物言志，虽然没有一个字写人，但是又让读者一下子就看到了物背后的人，这才是好的咏物诗。

事实上，这首诗的作者于谦，就和诗里所说的石灰一样，不怕困难，不怕牺牲，而且品格清白，毫无私心。怎么表现出来的呢？举几个例子。

第一件事，北京保卫战。当年，明朝打败了元朝，得了天下。不过，明朝可不是消灭了元朝，只是把元朝赶跑了。元朝的领土本来就分为草原和中原两部分，明朝占领中原之后，元朝重新退回漠北草原，还有很强的实力。这样一来，明朝北边的军事压力一直很大。到了明英宗时期，蒙古的一支——瓦剌强盛起来，他们率领大军挥师南下，进犯明朝。怎么办呢？明英宗不是个明智的君主，他根本没考虑好利害得失，更没想清楚作战方略，就误将冒险当勇敢，带着大军去亲征了。这次亲征的结果如何呢？明朝二十万大军全军覆没，明英宗也在今天河北怀来的土木堡被瓦剌军队活捉了！皇帝被俘虏，朝廷里自然乱成了一团。好多大臣都说，土木堡离得太近，北京根本守不住，赶紧迁都南京吧。试想一下，这个时候如果真的迁都会怎样？往好里想是划江而治，重演南北朝的悲剧；往坏里想则是兵败如山倒，直接垮台。就在这个危急存亡的时刻，于谦挺身而出，坚决反对迁都。既然你反对，那就你来防守吧。于是于谦临危受命，担任兵部尚书，千方百计调兵遣将，誓死守卫北京城。而且，为了防止瓦剌拿明英宗当筹码，他还力主遥尊明英宗为太上皇，改立英宗的弟弟当皇帝，这就是明代宗。等瓦剌到北京城下一看，城池坚固，无法突破，而且明朝又有了新皇帝，他们手里的明英宗也没了意义，只好退兵。明朝度过一劫，整个中原也避免了生灵涂炭。这件事在历史上被称为"北京保卫战"。于谦这样的担当，是不是"粉骨碎身浑不怕，要留清白在人间"？当然是。

再看第二件事，迎回明英宗。本来，于谦是"北京保卫战"最大的功臣，也是明代宗最大的功臣，明代宗对他的关照无以复加。他咳嗽的时候，明代宗甚至亲自去万寿山砍竹子，给他取鲜竹沥喝。可是，"北京保卫战"一年以后，瓦剌又把明英宗放回来了，这当然是为了挑起明朝的内部矛盾。如何对待这位去而复返的皇帝呢？已经荣登大宝的明代宗当然不愿意再接一个皇帝回来，就打算拒不接收，干脆把哥哥拒之门外。这个时候，于谦又不惜违背明代宗的意愿，力主把明英宗接回北京城。这是不是"粉骨碎身浑不怕，要留清白在人间"？当然也是。

这样忠心报国的人是什么结果呢？明代宗当了八年皇帝之后，生了重病。这个时候，一直被软禁的明英宗趁机发动政变，夺回了皇位，后来，英宗处死了对明代宗上台有功的于谦。大臣被处死，按惯例是要抄家的。于谦当时是一品大员，太子少保，抄家的结果怎么样呢？只见于谦家徒四壁，只有皇帝赏赐的蟒袍和宝剑端端正正地供奉在正堂上，除此之外，一无所有。这是不是"粉骨碎身浑不怕，要留清白在人间"？仍然是。

据说，于谦一生崇拜文天祥，他家里一直供奉文天祥的遗像和牌位，就像供奉自己的祖先一样。于谦为什么崇拜文天祥？因为"人生自古谁无死，留取丹心照汗青"和"粉骨碎身浑不怕，要留清白在人间"其实是一个道理。有这样的大臣，朝廷才有支柱；有这样的精神追求，中华文明才能够绵延。

这首诗讲了哪些内容呢？

1. 什么是咏物诗？

2. "北京保卫战"是怎么回事？

《望阙台》

明朝的边疆有两个大敌，一个被称为南倭（wō），另一个被称为北虏（lǔ）。所谓北虏，就是漠北的蒙古人，上一讲《石灰吟》的作者于谦，就是抗击北虏的名臣。南倭则是东南沿海的倭寇，也就是日本的海盗。《望阙台》的作者戚继光，就是抗倭名将。倭寇的活动范围从北边的山东一直延伸到南边的广东，戚继光也就追着敌人，一路从山东打到广东。这首《望阙台》，就是他担任福建总督的时候写的。

> 十年驱驰海色寒，孤臣于此望宸（chén）銮（luán）。
> 繁霜尽是心头血，洒向千峰秋叶丹。

先看题目。所谓阙，就是宫阙，也就是皇帝居住的地方，代指皇帝。"望阙台"自然就是登高眺望皇帝的高台。戚继光到福建之后，在福清县驻军，福清县有一座瑞岩山，戚继光经常到那里登高望远，就修了一座高台，取名为望阙台。福建那么远，戚继光有没有可能真的望到北京，望到紫禁城啊？当然不可能。既然不可能，为什么还要叫"望阙台"呢？这其实表达的是古代大臣时刻不忘皇帝的忠心。比如，唐朝的"诗仙"李白，到南京游玩，还要感慨"总为浮云能蔽日，长安不见使人愁"（《登金陵凤凰台》），埋怨天上的浮云让他看不见长安。"诗圣"杜甫，晚年流落在夔（kuí）州，也要写"夔府孤城落日斜，每依北斗望京华"（《秋兴八首》其二），按照北斗星指引的方向，遥望长安。这都是在表达身为臣子，时时刻刻不忘皇帝的心情。同样，戚继光这首《望阙台》，抒发的也是忠君爱国的心情。

这首诗的知识点有三个：一是驱驰；二是孤臣；三是宸銮。

先说"驱驰"。"驱"和"驰"都是"马"字旁，按照造字原则，肯定跟马有关系，指的是策马奔跑，引申出来，就是奔走效力。比如，诸葛亮《出师表》的"由是感激，遂许先帝以驱驰"，就是给先帝效力。同样，这首诗里，"十年驱驰"，也是说十年之间，为抗击倭寇奔走效力。

再看"孤臣"。古代有个成语叫"孤臣孽（niè）子"，指的是孤立无援的远臣和妾生的儿子，这两种人都不受重视。因此，孤臣本意是不受重视的远臣。但是，在这首诗里，"孤臣"代指的是戚继光本人。戚继光当时已经是福建总督，很受重视，怎么还会说自己是"孤臣"呢？这其实是一种谦称，同时也表达诗人远离皇帝，内心孤独无助的心情。

再看"宸銮"。"宸"是北辰，也就是北极星所在的地方，引申开来，就是皇帝的住所。"銮"是皇帝车驾上的铃铛，也代指皇帝。"宸銮"放在一起，代指皇帝的住所，也代指皇帝，跟"望阙台"的"阙"是一个意思。

知道了这两个知识点，这首诗怎么翻译呢？

在大海的寒波中，我同倭寇周旋已有整整十年，如今，我站在望阙台上，遥望着京城宫殿。

这满天的寒霜犹如我心头的鲜血，洒在千山万岭的秋叶之上，让秋叶殷红如丹。

这首诗可以分为两部分。第一部分是前两句，写望阙台的原因。诗人在外面待了十年，想皇帝了，所以要登台北望。第二部分是后两句，写望见的内容。诗人当然没有看到皇帝，但是，他看到了满山红叶。整体结构并没有什么出奇的地方，但是这首诗确实写得好。好在哪里？好在巨大的苍凉和壮丽。

苍凉体现在哪里？ 在前两句，"十年驱驰海色寒，孤臣于此望宸銮"。大家想想，同样是来到海边的高山之上，曹操《观沧海》是怎么写的？"东临碣石，以观沧海。水何澹澹，山岛竦峙。"曹操来到海边，就面向大海。可是，戚继光来到海边，却是"孤臣于此望宸銮"。他不是望向大海，而是背对大海，回望宫阙。在曹操的眼里，海是什么样子呢？"日月之行，若出其中。星汉灿烂，若出其里。"大海有着吞吐天地的气势。可是，在戚继光的眼里，海的描述只有三个字——"海色寒"。大海泛着寒光，让人觉得寒冷，觉得畏惧。

为什么曹操和戚继光会有如此大的不同？因为曹操有一颗海纳百川的皇帝心，而戚继光有的，是一颗忧愁幽思的大臣心。作为大臣，戚继光已经跟倭寇打了十年的仗了。这十年之间，他孤身在外，既要时刻跟倭寇打明仗，还要经常跟朝廷里的反对派打暗仗，这两方面都带给他很大的压力，让他胆寒，也让他心寒。所以，他才会说"十年驱驰海色寒"。

正因为十年来如此不容易，他才格外渴望来自皇帝的支持。他想要跟皇帝倾诉他的忠心，想要寻求皇帝的理解和帮助。可是，天高皇帝远，他只能登上高台，遥望京师，这就是"孤臣于此望宸銮"。想想看，这个背朝大海，面向京师，默默无言，孤独站立的身影，是不是让人产生了一种巨大的苍凉感？

壮丽体现在哪里？ 在后两句，"繁霜尽是心头血，洒向千峰秋叶丹"。戚继光不是回望京师吗？京师固然是看不见的，但是他却看到了满山的红叶。这样的红叶，之前有没有人写过？当然有人写过。唐朝的杜牧就说，"停车坐爱枫林晚，霜叶红于二月花"（《山行》）。把红叶与红花比较，真是才子风流。可是，戚继光不是才子，他是将军。他不写红叶有多红，他写红叶为什么这样红。

到底为什么呢？"繁霜尽是心头血，洒向千峰秋叶丹"。浓重的秋霜都是我心头的鲜血，是我的心血洒向了千山万壑，才让这秋叶变得殷红如丹。这个说法多奇特呀！本来，霜都是白的，谁也不会把繁霜比成鲜血，诗人为什么要说"繁霜尽是心头血"呢？因为霜打在秋叶上，秋叶就变红了，所以，诗人想象着，霜也是红的，红得像心头的鲜血一样，所以才能洒向千山，染红枫叶。问题是，诗人真的是拿心头血来比喻繁霜吗？又不是。诗人不是说繁霜像心头血，而是说，"繁霜尽是心头血"。不是诗人的心血像繁霜，而是诗人的心血凝成繁霜，这才染红了满山的红叶。这是一幅多么壮丽的景象，又是一种多么壮烈的情怀呀！这种想法，大家应该非常熟悉。小学生加入少先队，戴上红领巾的时候，老师会说，红领巾是红旗的一角，是用烈士的鲜血染红的。这其实就是"繁霜尽是心头血，洒向千峰秋叶丹"。这满山的红叶，其实就象征着诗人的一片赤诚之心。这十年来，诗人和倭寇艰苦战斗，不就靠的是这犹如红叶一样的丹心吗？诗写到这里豁然开朗，巨大的苍凉变成巨大的壮丽，这才是抗倭将军忠君爱国的英雄本色，让我们看了都激动不已。

我为什么选这首诗呢？其实是想让大家看看古代武将的精神。本来，写诗属于文人雅士，武将只要弓马娴熟，"会挽雕弓如满月，西北望，射天狼"（苏轼《江城子·密州出猎》）就行了，完全可以不会写诗。但是，我们中国又是一个崇尚儒将的国度，所以，抗金名将岳飞，会写"待从头收拾旧山河，朝天阙"（《满江红·怒发冲冠》）。抗倭名将戚继光，也会写"繁霜尽是心头血，洒向千峰秋叶丹"。武将写诗填词的意义是什么？不是附庸风雅，而是体现他们的精神追求。一个会舞枪弄棒的人，如果没有精神追求，可能只是街头的无赖，但是一个有着崇高精神追求的勇士，却能成长为保家卫国的将军。

整个明朝部分，我们就选了于谦的《石灰吟》和戚继光的《望阙台》两首。我用这两首诗代表明朝抗击南倭北虏的斗争，这是危及明朝江山社稷（jì）的两大问题。同时，我也用这两首诗代表明朝的文臣和武将不怕牺牲，忠君爱国的高贵精神。

🌿 这首诗讲了哪些内容呢？ 🌿

1. 望阙台的来历是什么？

2. 戚继光有着怎样的忠君爱国之心？

《己亥杂诗》（其一百二十五）

清朝是中国历史上的最后一个王朝。这个王朝非常特别，它跨越了古代和近代两个时代。1840 年之前，它属于古代，领土面积仅次于元朝，还创造了中国历史上三大盛世之一的"康乾盛世"，要多辉煌有多辉煌。1840 年以后，它就属于近代了，落后挨打，割地赔款，要多凄凉有多凄凉。这种从盛到衰的转折幅度特别大，跟它相比，"安史之乱"都是小巫见大巫了。所以，我们讲清朝的诗，不讲开疆拓土，也不讲盛世繁华，首先要选能够代表这个大转折的诗篇。龚自珍这首《己亥杂诗》（其一百二十五）就是代表。

龚自珍是何许人呢？他是清朝最敏感的人物之一。敏感在哪儿呢？敏感在政治判断力。龚自珍生在乾隆末期，第一次鸦片战争刚刚结束之后去世，一生大部分时间都在太平盛世中度过。但是，龚自珍没有被太平盛世冲昏头脑，他很早就觉得，清朝已经进入了衰世，外强中干而已。要想振作，就必须"更法"，也就是变法。这不是乌鸦嘴吗？当然不讨人喜欢。所以他屡屡遭到当朝权贵的排挤，到 1839 年，也就是鸦片战争的前一年，他终于在北京待不下去了。怎么办呢？他是杭州人，北京无法容身，就干脆辞官南归了。古代长途旅行都是骑马，一整天骑在马上，无事可做，怎么打发时间呢？龚自珍就写诗，一路走一路写，有的是触景生情，有的是抚今追昔，最后算下来，一共写了 315 首。1839 年是农历己亥年，所以，这 315 首诗就被命名为《己亥杂诗》。我们今天要讲的这一首，是己亥杂诗中的第 125 首。

九州生气恃（shì）风雷，万马齐喑究可哀。

我劝天公重抖擞，不拘一格降人才。

先看知识点。

第一，"九州"。"九州"是中国的代称。为什么九州能代指中国呢？九州原本是先秦时代的一本典籍《尚书》中提出来的一个概念，说大禹治水的时候，把天下分成了豫州、青州、徐州、扬州、荆州、梁州、雍州、冀州、兖州九个州。这九州，实际上就是汉族居民传统的居住范围，也就是传统上说的内地。因为汉族是中国的主体民族，所以后来九州又代指整个中国。

第二，"**万马齐喑**"。所谓"喑"就是哑，发不出声音来。这个说法出自苏轼的《三马图赞》。据说北宋仁宗的时候，西域进贡了一匹宝马，头高八尺，马头像龙，马骨像凤，马背像虎，花纹像豹。这匹马嘶鸣一声，其他的马全都不敢叫了。苏轼说"万马齐喑"，只是想用普通马的不敢鸣叫来衬托宝马的厉害，但是龚自珍用这个词，指的却是所有人都不敢发表意见，整个社会死气沉沉。

第三，"**不拘一格**"。"拘"是拘泥，限制；"格"是规格，标准。"不拘一格"就是不拘泥于一种模式。

知道了这些知识点，这首诗怎么翻译呢？

中国焕发生机要靠风雷激荡，整个社会无人说话终究令人悲哀。

我劝天公要重新抖擞精神，不拘一格地降下各种人才。

这首诗的好处，第一在于借题发挥，第二在于刚健有力。

先说借题发挥。 什么叫借题发挥呢？很多人不知道，这首诗本来是一首青词。所谓"青词"，是道教斋醮做法的时候，献给上天的章奏，也就是祈祷文。这种祈祷文是写在青藤纸上的，所以叫青词。青词早在唐朝就开始出现，到了明朝，因为嘉靖皇帝信奉道教，写青词成了热门，谁写得好，就能讨皇帝喜欢，官运亨通。比如，大家知道的奸相严嵩，就是靠写青词当上内阁首辅的，所以当时号称"青词宰相"。到了清朝，皇帝大多信仰喇嘛教，宫廷里不怎么搞道教的斋醮仪式，所以文人写青词的少了，但是在民间，老百姓祭神时，还会写青词。

当时龚自珍不是回家乡杭州吗？途经镇江，正好赶上当地办赛神会，祭祀玉皇大帝、风神、雷神等各路神灵，老百姓跟着磕头焚香的有好几万人，算是当地的大活动。龚自珍是海内闻名的大才子，此时路过镇江，镇江的道士怎么能放过他呢？就缠着他，让他写青词。龚自珍也正有一肚子的想法要抒发，所以二话没说，就答应了。

问题是，怎么写呢？要知道，青词既然是写给神仙的，那么内容无非就是虔诚祈祷，乞求行云降雨也好，祈祷五谷丰登也好，反正得把请求的事写明白，还要让神仙看到你的诚心。那么，龚自珍会不会这么写呢？他才不会。他不是无知无识的普通老百姓，他也不是真的相信什么风神、雷神、玉皇大帝。但是他觉得这个时代的气氛太压抑了，他心里憋闷，他想向上天喊两嗓子。

喊什么呢？"九州生气恃风雷，万马齐喑究可哀"。他说，现在的中国，太像一潭死水了。要想让国家有生气，是真的需要有风雷激荡！就让风雷打破这种大家都不敢说话，也不愿说话的消极状态吧，这种死气沉沉的局面，是多么令人悲哀啊！这是不是在祈祷神灵？既是，又不是。说它是，是因为龚自珍确实是在呼唤风雷；说它不是，是因为这风雷并不是大自然的风雷，而是社会、人心的巨大变革。这就是借题发挥。

社会正缺风雷，龚自珍呼唤风雷，他向谁呼唤呢？他向比风神、雷神更厉害的天公呼唤，"我劝天公重抖擞，不拘一格降人才"。天公啊，我奉劝你别再昏睡了，你重新抖擞一下精神吧！请你别再拘泥于以往的模式，给我们降下各路人才吧！龚自珍这个说法多奇特呀！历来只听说老天爷降风降雨，怎么会降人才呢！可是，这正是龚自珍借题发挥的地方，你们不是让我写青词求老天爷吗？我确实是求，可我求的不是风调雨顺，我求的是人才。

为什么龚自珍会把重点落在人才上呢？因为龚自珍写这首诗的时候已经是 1839 年了，距离鸦片战争只有一年时间。外国人已经虎视眈眈，而清政府却还是麻木不仁。这让诗人觉得，危机已经迫在眉睫了。要拯救中国，决不能靠那些因循守旧、死气沉沉的官僚，而是必须有大量不拘一格、生气勃勃的人才。

要知道，这次龚自珍辞官回乡，就是想要办学的。他在《己亥杂诗》的第五首里还写道："落红不是无情物，化作春泥更护花。"花儿落了，不是无情，它是要变成春泥，培养新的花朵。那不就是要牺牲自己，培养人才吗？！从这两首诗就能看出来，龚自珍这315首《己亥杂诗》其实并不杂，而是有一条清晰的线索，他就是要救国，就是要培养人才。这种报国之志已经占满了他的心胸，无论看见什么都能联想到这个话题，所以才能在写青词的时候借题发挥，脱口而出的，不是求神拜佛，哀哀求告，而是呼唤变革，呼唤人才。

再看刚健有力。什么叫刚健有力呢？有两处最能证明，一个是明暗对比的结构，一个是"我劝"这个词的用法。先说明暗对比。这首诗哪里是暗？前两句是暗，用一个词概括，就是"万马齐喑"；哪里是明？后两句是明，也用一个词概括，就是"不拘一格"。前面的万马齐喑是现实，后面的不拘一格是理想，理想和现实形成鲜明对比，让这理想显得格外有吸引力，有鼓动性，这就是刚健。

再看"我劝"这个词。这个词太有性格了。想想看，一首写给老天爷的诗，能用"我劝"吗？当然不行，一定得是"我求"。可是，龚自珍本身就是一个风流的才子，是一个敏感的政治家，是奔腾跳跃的骏马，是不拘一格的人才，所以，他才有如此傲视上天的气概：我不是求你，我是劝你，你睁开眼睛，抖擞精神，焕发活力吧！这是多么热切的心情，多么豪迈的精神啊！

正是因为有理想，有气魄，这首借题发挥的青词倒成了古往今来最好的青词，也成了整个己亥杂诗的灵魂。它所反映的痛苦和激情，就属于那个剧烈变革的大时代。

这首诗讲了哪些内容呢？

1. 作为横跨两个时代的清朝，有什么特点？
2. 九州是指什么？
3. 什么叫青词？

《对酒》

　　秋瑾是著名的反清志士，自号"鉴湖女侠"。为了推翻清朝的统治，她东渡日本，先参加光复会，后又参加孙中山先生领导的同盟会。回国后，她主持浙江的大通学堂，联络起义。后来因为起义泄密被捕，从容就义，只留下"秋风秋雨愁煞人"的千古一叹。可以说，她的一生，就是为推翻清朝，建立共和国而奋斗的一生。既然如此，我们为什么还要称她为清朝诗人呢？因为秋瑾牺牲的时候是1907年，清朝结束是在1912年。她并没有能亲眼看到辛亥革命的胜利，因此从时间上算，她仍然是清朝人。而且，从她的身上，我们也可以看到清朝社会的巨大变化。

　　龚自珍写《己亥杂诗》的时候，还是寄希望于"我劝天公重抖擞"，希望皇帝振作，朝廷变法，但是，到"鉴湖女侠"秋瑾这里，就已经是要打倒皇帝，建立共和国了。我们这本书叫《顺着历史学古诗》，其中的变化，也反映了中国历史的发展方向。

这首诗的题目是《对酒》。所谓"对酒"，就是对酒痛饮时写下的诗篇。曹操《短歌行》不是说过吗？"对酒当歌，人生几何"。秋瑾的"对酒"，就相当于"对酒当歌"。1905年，秋瑾从日本回到祖国，好友吴芝瑛设宴欢迎她。吴芝瑛也是一位侠女，当年，她曾经送给秋瑾一副对联："今日何年，共诸君几许头颅，来此一堂痛饮；万方多难，与四海同胞手足，竞雄世纪新元。"侠女重逢，革命有望，让秋瑾内心兴奋不已。宴会之中，她拿出在日本购买的倭刀，拔刀起舞，舞罢赋诗，写的就是这首《对酒》。

不惜千金买宝刀，貂裘（qiú）换酒也堪豪。
一腔热血勤珍重，洒去犹能化碧涛。

先看知识点。

第一，"貂裘换酒"。"貂裘换酒"出自李白的诗歌《将进酒》："五花马，千金裘，呼儿将出换美酒，与尔同销万古愁。"李白一生，传奇故事最多。当年，他被唐玄宗召进长安，老诗人贺知章对他一见倾心，管他叫"谪仙人"，当即就要请他喝酒。可是身上并没有带钱，怎么办呢？贺知章豪气干云，干脆押上自己官服上佩戴的金龟来换酒喝。要知道，金龟可是三品大员才有的配饰，是身份的象征，所以这件事轰动一时，被称为"**金龟换酒**"。后来，李白被赐金还山，跟岑夫子、丹丘生等几个朋友一起喝酒，也是喝得高兴，钱不够了，怎么办呢？李白说，"五花马，千金裘，呼儿将出换美酒，与尔同销万古愁"。典了宝马和貂裘，拿去换酒喝。这就是"**貂裘换酒**"。无论是金龟换酒，还是貂裘换酒，都表现了诗人不在乎世俗财宝的豪迈精神。

第二，"碧涛"。"碧涛"就是碧血，用的是《庄子·外物篇》中"**苌弘化碧**"的典故。苌弘是周朝的大夫，尽忠于周朝，却被奸臣陷害，被迫自杀而死。当时的人同情他，把他的血藏起来。三年之后，发现鲜血已经化为碧玉。再到后来，"碧血"就成了烈士为祖国流血的代名词。

知道了知识点，这首诗怎么翻译呢？

不吝惜千金去买一把宝刀，用貂皮换酒也算得上英豪。

革命者的一腔热血要勤加珍重，等到挥洒出去，也一定要化作滚滚碧涛。

这首诗出人意料，慷慨悲歌，最令人感佩。

先说出人意料。 出人意料在哪儿呢？看前两句，"不惜千金买宝刀，貂裘换酒也堪豪"。千金买刀的事情古代有没有？当然有。我们看《水浒传》里，林冲买刀，杨志卖刀，都是影响人物命运走向的大关节。北朝民歌里还有这么一首："新买五尺刀，悬著中梁柱。一日三摩挲，剧于十五女。"（《琅琊王歌辞》）新买了一把大刀，把它挂在屋子的大梁上。每天都摩挲好几次，喜欢它超过喜欢 15 岁的少女。这话说的，比千金买刀还要夸张。可是，壮士爱刀也就罢了，那是他们行走江湖、建功立业的武器；秋瑾本名叫秋闺瑾，是个闺门女子，按照常理，应该买胭脂水粉才对，她居然不惜千金买宝刀，这不是出人意料吗？

"貂裘换酒也堪豪"也是如此。古代讲名士风流，李白"五花马，千金裘，呼儿将出换美酒"没有问题，苏轼"酒酣胸胆尚开张"也没有问题。但秋瑾是一个女子，就算喝酒，也应该有节制，最多像李清照那样，"三杯两盏淡酒，怎敌他，晚来风急"，怎么会到"貂裘换酒也堪豪"的程度呢！仍然是出人意料。出人意料的好处是什么？是引人入胜。比如，大家熟悉的《木兰诗》，为什么让人感觉那么有趣味？因为它里面埋着一个梗，叫"同行十二年，不知木兰是女郎"。大家跟木兰一起打了十二年的仗，居然不知道木兰是个女孩子。有了这么一个出人意料的梗，这首诗就显得既刚健，又诙谐，特别引人入胜。秋瑾这首诗也是如此。一位女性，若是买花买粉，浅酌低唱，我们当然觉得美，但是看多了，也不会特别留心。可是，同样是一位女性，若是千金买刀，貂裘换酒，我们一下子就会被她的飒爽英姿所吸引，会格外想知道她的故事，这就是出人意料，引人入胜。

再看慷慨悲歌。 慷慨悲歌在哪里？在后两句，"一腔热血勤珍重，洒去犹能化碧涛"。什么叫"勤珍重"？就是要好好地爱惜。诗人"不惜千金买宝刀"可不是为了跟人好勇斗狠，在街上耍无赖。她知道，革命者的热血是不能白白流淌的。可是，尽管如此，该流血的时候，还是要流血。什么时候该流血呢？"洒去犹能化碧涛"。碧涛也罢，碧血也罢，用的都是"苌弘化碧"的典故，这个典故引申出来，就是为祖国，为正义的事情流血。所以，秋瑾的意思是说，革命者应该好好爱惜自己的一腔热血，让它有一天能够献给革命，献给祖国，化作滚滚碧涛。这种不轻易牺牲却又不怕牺牲的精神，是多么慷慨悲壮啊！能写出这样的诗篇，就不是一个一般的女诗人，而是一位巾帼英雄。

我之前讲《夏日绝句》的时候说过，李清照是巾帼英雄。两位女诗人虽然都是巾帼英雄，但是因为身处的时代不同，她们的英雄之处又各有不同。李清照是一位古代仕女，她虽然信仰"生当作人杰，死亦为鬼雄"，但自己毕竟无能为力，只能激励别人"不肯过江东"。但是秋瑾不一样，她生在清朝末年这样的历史转折时期。这个时候，不仅讲革命，也讲女权，包括秋瑾在内的有识之士都呼吁女性跟男性一样，承担起国家的责任来。

秋瑾不仅是这么说的，也是这么做的。这首诗写在1905年，就在两年之后的1907年，秋瑾准备在绍兴大通学堂起义，不料计划提前泄露。当时，有人给她通风报信，劝她逃跑。但是秋瑾说："革命要流血才会成功。"拒绝出逃，最终被俘，英勇就义，这才是真正的"一腔热血勤珍重，洒去犹能化碧涛"。

这番情景，多像此前的谭嗣同啊。戊戌变法失败后，谭嗣同说："各国变法无不从流血而成，今中国未闻有因变法而流血者，此国之所以不昌也。有之，请自嗣同始。"随后慷慨就义，留下"我自横刀向天笑，去留肝胆两昆仑"（《狱中题壁》）的名句。再往前说，这像不像明朝的戚继光？戚继光说："繁霜尽是心头血，洒向千峰秋叶丹。"再往前说，这像不像南宋的文天祥？文天祥说："人生自古谁无死，留取丹心照汗青。"再往前说，我们还会一直想到屈原，想到"身既死兮神以灵，子魂魄兮为鬼雄"（《九歌·国殇》）。这些诗人，都是真正的爱国者，这些诗，代表着中国诗歌中一个很大的类别，叫爱国主义诗篇。

讲到《对酒》，我们的《顺着历史学古诗》就讲完了，伴随着一首首的古诗，我跟大家分享了先秦的礼乐和征伐；分享了汉朝的豪迈，魏晋南北朝时期的民族融合；分享了唐朝的强盛和宋朝的理性；也分享了元朝的辽阔，明朝的血性和清朝的变革。我们知道了边塞诗、田园诗、闲适诗、讽喻诗、爱国诗等不同的诗歌类型，也知道了古人热爱自然、热爱国家的不朽情怀。古诗云："盛年不重来，一日难再晨。及时当勉励，岁月不待人。"（陶渊明《杂诗十二首》其一）未来都从今天起步，希望我们一起珍惜时间，珍重自己，也像先贤和前辈那样，"一腔热血勤珍重，洒去犹能化碧涛"。

这首诗讲了哪些内容呢？

1. "貂裘换酒""苌弘化碧"是两个什么样的典故？
2. 鉴湖女侠秋瑾有着怎样令人感佩的事迹？